医学のたまご

JN019032

角川文庫
22120

医学のたまご　目次

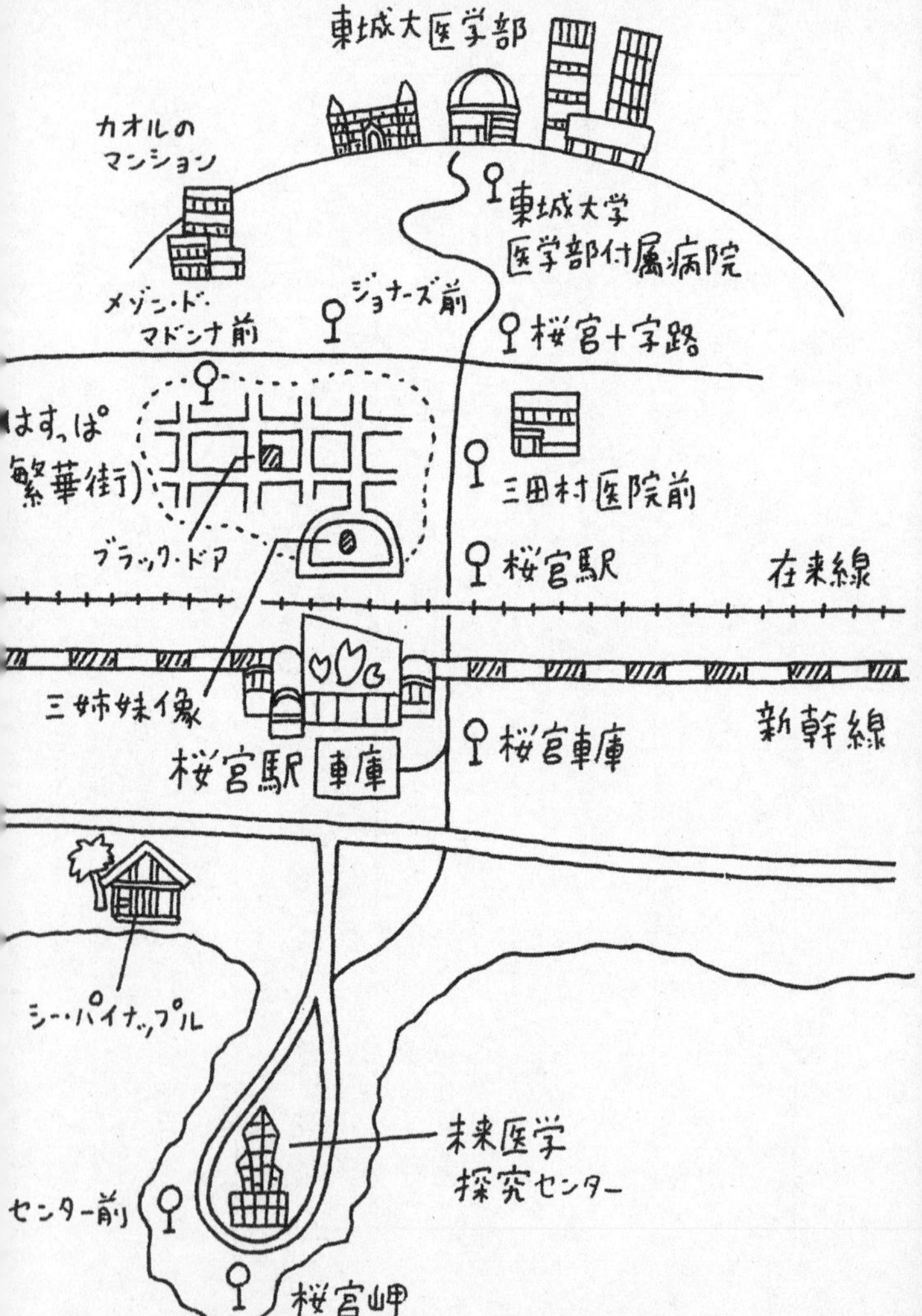
東城大医学部
カオルのマンション
東城大学医学部付属病院
メゾン・ド・マドンナ前
ジョナーズ前
桜宮十字路
はすっぱ(繁華街)
三田村医院前
ブラック・ドア
桜宮駅
在来線
三姉妹像
新幹線
桜宮車庫
桜宮駅
車庫
シー・パイナップル
未来医学探究センター
センター前
桜宮岬

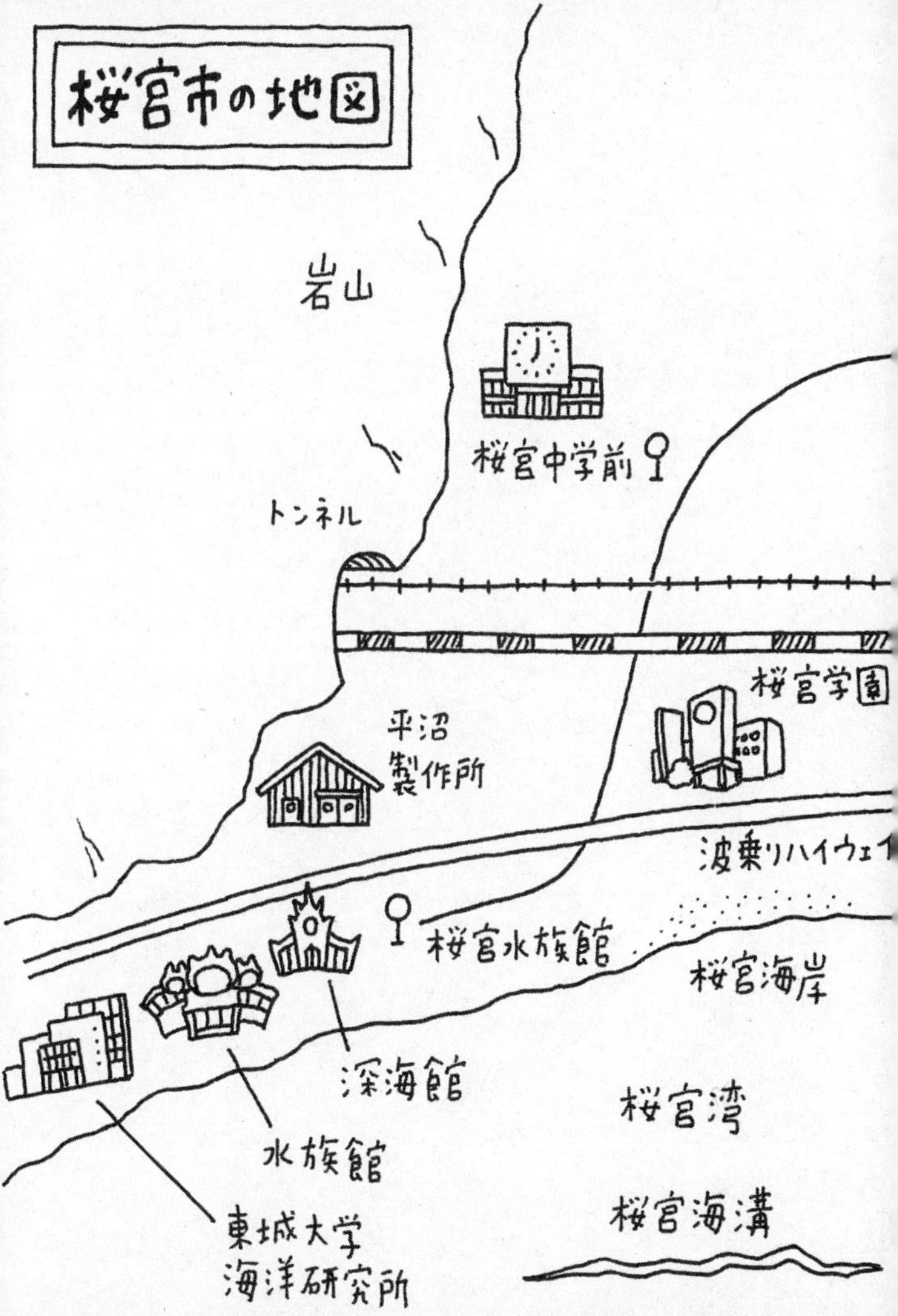
桜宮市の地図
岩山
桜宮中学前
トンネル
桜宮学園
平沼
製作所
波乗りハイウェイ
桜宮水族館
桜宮海岸
深海館
桜宮湾
水族館
桜宮海溝
東城大学
海洋研究所

1章

2022年2月14日（月）

「世界は呪文と
魔方陣からできている」と、
パパは言った。

ぼくの名前は曾根崎薫《そねざきかおる》。桜宮《さくらのみや》中学1年生。でもって、女の子みたいな自分の名前がちょっぴり嫌いだ。名前を呼ばれたあとでいちいち男？　女？　と聞き返されることが多いからだ。

桜宮中学は私服の学校だけど、制服だったらよかったのに、といつも思う。そうすればシッターの山咲《やまさき》さんに毎朝、服装のことをあれこれ言われずに済む。

そんなぼくは、黄色い表紙のノートを持っている。その第1ページ目に書き写したのが、「世界は呪文《じゅもん》と魔方陣からできている」という言葉だ。

ぼくの一番のお気に入りのこの言葉は、パパが、ぼくに言ったものだ。

パパの言葉は時々わからないけど、あとになってわかることもある。

ぼくはもっとパパといっぱい話をしたいんだけど、ぼくとパパの間にはちょっとした距離がある。まあ中学1年、13歳の生意気ざかりの子どもとうまくやれる大人なんて胡散臭《うさんくさ》いから、ある意味でパパは純粋なんだろう。

ぼくのパパは「ゲーム理論」という学問分野では偉い学者だそうで、ときたま新聞の記事の中に名前が載ることがある。そうした記事は科学面で取り上げられているけれど、難しい言葉が並んでいて、読んでもあまり理解できない。

でも悔しいからパパの前では、わかったフリをする。するとパパは思い出したようにさっきみたいな言葉を教えてくれる。で、ごくたまに、ぼくにもわかる言葉を言ってくれる。そんな時はぼくは感動して、パパの言葉を秘密のノートに書きつける。

2月14日。中学生男子にとっては気になる運命の日、バレンタインデー。

去年までは美智子《みちこ》から義理チョコをもらっていたけど、今年はどうかなあ、なんて丸裸の銀杏《いちょう》の木を見ながらぼんやり考えていると、野太い声がぼくを呼ぶ。

「カ・オ・ルちゃーん」

1年B組のいじめっ子、平沼雄介《ひらぬまゆうすけ》。通称ヘラ沼。小学校の頃からの幼なじみだけど、女の子みたいな名前で呼ばれることをぼくが嫌がっていることを知っているのに、わざわざそんなふうに呼ぶのは、イジメの一種だろう。ぼくはパパの言葉を思い出して、やり過ごそうとする。

「カオル、イジメというのはゲーム理論では陣取りゲームと同じだ。イジメるヤツは小者で自分より弱いヤツをイジメて、心理的テリトリーを保とうとする情けないヤツだ。そんなヤツが、見かけだけでカオルを弱っちいヤツと見誤まったら、ひょっとしてイジメようとするかもしれない。その時の対処法はただひとつ」

「逃げろ、だよね？」

「ザッツ・ライト（その通り）。この世の中のたいていのことは、逃げれば解決する。立ち向かってエネルギーをムダ使いするなんて、愚の骨頂だ」

でも平沼雄介、通称ヘラ沼は小者ではないし、そもそもぼくは心の中ではそのやり方は間違っていると思っていた。そうやっていつも逃げ出しているから、ママは双子の片割れ、忍《しのぶ》を連れて家を出ていってしまったのだろうし。

もっともパパとママがその選択をしたのは、ぼくたち双子が生まれた直後だったので、ぼくは異議申し立てもできずに現状を受け容《い》れるしかない。

だからぼくはママのことを知らない。こんなふうにぼくのパパはいつも肝心のところがぬけている。

パパは、東京の帝華《ていか》大学でゲーム理論の研究をしたかったらしいけど、喘息《ぜんそく》気味のぼくを気遣って桜宮市に住みつづけることにした、らしい。らしい、というのはその話がシッターの山咲さんに書いた手紙を盗み読みした、という非合法的手段を経由した情報だから、本当かどうか確かめる術《すべ》がないせいだ。

1年の大半を兼任のマサチューセッツ工科大学で過ごしているわけだから、居住地が東京でも桜宮市でも関係ない、というのが本音なんだろう。

さて、目の前のヘラ沼はいつものように、しつこくからかい続けるのかと思いきや、急に真顔になって言った。

「おい、聞いてるのかよ、曾根崎?」

ぼくはびっくりしてヘラ沼の顔を見た。ヘラ沼が先生のいないところでぼくを名字で呼ぶなんて久しぶりだった。

「ん? ああ、聞いているよ。なんだよ」

「鈴木《すずき》先生がお前を呼んでたぞ。職員室へ来いってさ。お前、何やったんだ?」

「さあ?」

ヘラ沼が心配そうな顔になるのも当然だ。ぼくたちの担任は田中佳子《たなかよしこ》。鈴木先生は副校長で英語の先生だ。生徒が副校長先生から呼び出されるなんて、平和な桜宮中学校では途轍《とてつ》もない異常事態なのだった。

職員室の重い扉を開けると、腕組みをした鈴木副校長先生が立っていた。

「遅かったね、曾根崎君。こっちへ来なさい」

ぼくは、せかせかと歩いていく鈴木先生の細い背中のあとに続く。

鈴木先生は、ある扉の前で立ち止まった。

「入りなさい。お客さんが待っている」

校長室だった。とまどうぼくの目の前でゆっくり扉が開いていく。

ぼくは、鈴木副校長先生が指し示すまま、校長室に足を踏み入れた。

校長室に入ったのは生まれて初めてだ。校長先生はでっぷり肥えたつるっぱげで、ぼくたちは陰でボイルド・エッグと呼んでいた。英語の教科書にある、ゆで卵の挿し絵のシルエットそっくりだったからだ。

そのゆで卵校長先生の向かいに見知らぬおじさんが座っていた。黒い背広を着て、ネクタイもばっちりキメている。ルーズなパパとは正反対だ。

校長先生はにこやかに言った。

「この子が曾根崎薫君です」

ぼくは頭を下げると、校長先生は続けた。

「突然呼び出されて驚いただろうけど、実はこの間の潜在能力試験の件なんだ」

ぼくは首を縮めた。イヤな予感。いい成績をとった自信があったのに呼び出されるなんて、ひょっとしたら名前を書き忘れたのかな？

校長先生はぼくの表情の変化に気がつかず、続ける。

「あのテストで、曾根崎君は全国1位だったんだ」

えええ？　驚きのあまり、腰を抜かしそうになる。そりゃあ、いい成績を取れただろうとは予想していたけど、まさか日本一だなんて……。

ぼくがいい成績を取るのは当たり前だ。だってあの試験を作ったのはぼくのパパで、ぼくは問題を作る試験台として協力させられていた。つまりぼくは試験の中身を事前に隅々まで知っていたわけだ。

それだけではない。ぼくは問題制作者から手取り足取り、問題を解くコツを教えてもらっていた。ぼくが答えを間違えるたびに、パパは楽しそうに言ったものだ。

「ほら、ひっかかった。カオル、この問題はここでピタゴラスの定理を使うんだ」

「そんなの、ふつうの中学生は絶対解けないよ。なんで掛け算を解くのにピタゴラスの定理を使うのさ」

「あっと驚く問題を作ってくれというのが文部科学省の依頼だったもんでね」

「それにしても、ひねくれた問題だよね」

「全国平均点を30点にしてほしいという変な依頼だからね。こういう問題は平均点を60点から70点になるように設定するのが一般的なんだが……。まったく、一体何を考えているんだろう、あの小原《おはら》って女性キャリアは」

どうやら文部科学省の女性事務官は小原さんというらしい。人の名前を覚えるのが苦手なパパが覚えたのだから、相当優秀か、相当変わっている人に違いない。

こうやって書くと、ぼくとパパが肩を並べて問題を検討している光景を思い浮かべるかもしれないけど、実はこの会話はパソコンを介して太平洋のあっち側とこっち側で行なわれたメールでの会話だ。

見方を変えれば、ぼくは超難問テストを通信教育の添削を受けながら勉強した、とも言える。だから問題を眼にしたとき思わず口笛を吹きたくなった。そしてついつい、鼻歌混じりで問題を解いてしまったのだ。

ぼくのパパがこの問題を作ったということを校長先生は知らない。誰が問題を作成したか、ということは文部科学省のお偉いさんの一部しか知らない超極秘事項なんだ、とパパは得意げに言っていた。パパはその時、ぼくに言った。

「いいか、カオル、このことは絶対に秘密だぞ。学校でうっかりしゃべったら、先生たちが問題の中身を知りたがって、家に押しかけてくるかもしれないからな」

ぼくはうなずく。そういえば中学校も自由競争時代とかで、塾みたいに成績の順番を気にするようになっている。この間なんか先生がズルをして、生徒にいい成績を取らせるためテスト前に問題を教えた、なんてニュースがあったくらいだから、パパが問題を作っているなんて知ったら先生たちは聞き出そうとするかもしれない。

もっともこのニュースを聞いた時、ぼくはズッコい、と怒るより、うらやましいと思ってしまったんだけど……。

ところが事態はパパの予想外の方向に進んでいる。いつもそうなんだ。世界的なゲーム理論学者、曾根崎伸一郎《しんいちろう》の弱点、それは自分の身の回りの事態をゲーム理論で予測するのがとっても下手だということ。パパは肝心のことをぼくに注意し忘れた。

ぼくも中学1年生として「潜在能力試験」を受ける対象者だという点に対し、パパは全然注意を払っていなかった。中学生のぼくがよく知った問題を目の前にすれば、喜び勇んで解いてしまうなんて当たり前だろう。ちょっと考えれば、当然こんな事態も予想できるはず。いい成績を取りすぎて校長先生に呼び出されるなんて、パパが言うところの「ゲーム理論における特異点」の最たるものだろう。

そんな予想外の事態の先でぼくを待ち受けていたのは、目の前でにこやかに笑っている見知らぬおじさんのひと言だった。

「曾根崎君、大学で医学の勉強をしてみる気はないかい？」

ぼくは、その言葉を理解できず、思わず聞き返した。

「えと、それは、大学に遊びに来なさい、ということですか？」

おじさんは、困惑したように首を振る。

「遊びに？……いや、医学部で研究をしてみないか、ということなんだが……」

マジすか？

ぼくは、おじさんの顔をまじまじと見つめた。今は2月半ば。次の学年は1ヵ月半後だ。中学2年生になるのもピンチっぽいと言われているこのぼくが、いきなり医学部に入学するだって？　冗談ポイポイでしょ。

黒い背広でバッチリきめた、見知らぬおじさんは名刺を差し出した。

解剖、という文字が眼に飛び込んでくる。東城《とうじょう》大学医学部総合解剖学教室教授・藤《ふじ》田要《たかなめ》。ぼくはおそるおそる尋ねる。

「あの、ぼく、たまたまあの試験だけはいい成績だったんですけど、ふだんは全然成績がよくなくて……」

隣の鈴木副校長先生がうなずいて言う。

「せっかくの申し出に水を差すようですが、今のは曾根崎君の謙遜《けんそん》ではなく、本当にそのとおりなんです。大学で研究しながら勉強するなんてこの子には無理です」

自分で言うのはいいけど、他人からこんなふうに断言されると、さすがにぼくでも少々カチンときた。

藤田教授は首を横に振って、笑顔になる。

「そんなことはないでしょう。あの潜在能力試験では、まさに隠された能力が露《あら》わになるわけでして、曾根崎君のようにふだんの成績が悪いのに潜在能力試験でいい成績を取ったという素材は理想的です。つまり通常の教育ではスポイルされてしまう、規格外の素材である可能性が高いということです。曾根崎君は未来のアインシュタイン、桜宮のパスツールになれる逸材かもしれません」

「スポイトってどういうことですか？」

小声でぼくが尋ねると、鈴木副校長先生がやはり小声で答える。

「スポイトじゃない。ス・ポ・イ・ル。駄目にするってことだよ」

ぼくたちの会話を聞いていたボイルド・エッグ、校長先生は気を悪くしたようだ。だって今の藤田教授のお言葉は、ぼくの成績が悪いのはぼくのせいではなく、先生方の教え方が悪いと言ったようなものなんだから。

藤田教授は、校長先生の表情の変化に気がつかない様子で陽気に続けた。

「私は、横並びの画一的な義務教育体制には常々疑問を持っていまして。どうでしょう、仮に曾根崎君がこの学校で成績が芳しくないようでしたら、東城大学医学部に半分お預けになってみては？　ダメモトじゃないですか」

その場に居合わせた、ぼくを含めた3人は一斉にイヤな気分にさせられた。

校長先生と副校長先生は、面と向かってあんたたちの教え方がなっちゃない、と言われたと理解して。ぼくは、その試みを〝ダメモト〟と言われたことで。

でも教授という人たちは、自分が世の中で一番偉いと思っているサル山のボスザルみたいなものだ、と以前パパから聞いていたぼくは、そんな言い方にすぐ慣れた。

するとは藤田教授の申し出が魅力的に見えてきた。だって、退屈で灰色の教室から脱出できる機会を与えられるなんて、滅多にないチャンスだもの。

校長先生が言う。

「曾根崎君のお父さんにも了解を得ないといけませんし、即答はできかねます」

「父はマサチューセッツに出張中で、戻ってくるのは年末になると思います」

ぼくはすかさず言った。藤田教授は驚いた顔でぼくを見た。

「ということは、曾根崎君は今、ひとり暮らしをしてるの？」

藤田教授は、ぼくの家庭が父子家庭だということを、事前に聞かされていたようだ。

「いえ、シッターの山咲さんが泊まり込みで面倒を見てくれています。こういった相談事はメールでやり取りしていますので、帰ったらメールしてみます」

「いや、お電話できちんとお話しさせてもらうよ」

藤田教授の言葉に、ぼくは首を振る。

「父は研究に集中すると、気が散るから電話に出ません。集中力が途切れたときに、メールだけチェックするんです。ですからとりあえずメールしてみます」

藤田教授はぼくの顔を見つめて言った。

「ということは曾根崎君は、大学で勉強してもいいと思っているのかな？」

「ええ。だって中学の勉強は難しすぎるから、ひょっとしたら医学部ならうまくできるかもしれないと思うんです」

校長先生と副校長先生は啞然《あぜん》としてぼくを見た。校長先生が恐縮して言う。

「申し訳ありません。右も左もわからない子どもなものですから……」

藤田教授は朗らかに笑う。

「いえいえ、これくらい覇気があるほうが頼もしいですよ。どうやら私は本当に掘り出し物に遭遇したのかもしれないな」

それから藤田教授はぼくの顔を見て続けた。

「確かに医学の方が簡単かもしれない。ツルカメ算とか難しくてもう私にはできないもの。うん、私が保証する。ツルカメ算より医学研究のほうが絶対に簡単だ」

あの、ツルカメ算は小学校の問題なんすけど、と思ったけど、実は大の苦手だったので何も言わなかった。すると校長先生が言った。

「曾根崎君はとりあえず教室に戻り、担任の田中先生にここに来るように伝えなさい。お父さんにメールしてもらう手紙を渡します」

∞

校長室から戻ると、1年B組には好奇心に満ちた顔が並んでぼくを待っていた。

「カオル、どうだった？　やっぱ怒られたの？」

学級委員の進藤《しんどう》美智子が尋ねた。美智子は小さい頃にアメリカにいたこともある、帰国子女の優等生だけど、それをハナにかけることもなく、何かにつけて面倒を見てくれる。まあ、家が近所で幼なじみというのが一番の理由なんだけど。

「あったりまえだろ。コイツ、いつも宿題をさぼってるから怒られたんだぜ」

意地悪そうにヘラ沼が言う。カチンときたぼくは、思わず口走る。

「大ハズレ。ヘラ沼の予想なんて当たったことないじゃん」

「じゃあ、なんだったんだよ。言ってみろよ」とヘラ沼が挑発する。

ぼくは一瞬ためらった。そのことを口にすることで、大きな力が動きだしてしまうような予感がしたからだ。でも結局、我慢できずにぽろりとしゃべってしまう。

「実は、東城大学医学部に入学することになったんだ」

えーっ、という声が揃う。田中先生が、どれほど口を酸っぱくして言っても、けっして揃わなかった合唱コンクールの曲、舞台の上で見事にコケた『翼をください』のあの瞬間にわけてあげたくなるくらい見事なハーモニーだった。

「ば、ばかな。なんでそんなことが起こったんですか」

素《す》っ頓狂《とんきょう》な声が背中から聞こえた。ガリ勉メガネ、三田村優一《みたむらゆういち》だ。

「曾根崎君なんて私より成績がいいのは社会だけで、それも単なる歴史オタクだから で、この間の統一模試では私より２５１２人も下なのに、どうしてそんな君があの名門、東城大学医学部に入学できるんですか？　しかもまだ中１なのに」

中学生が大学に入れるのか、というごく当然の疑問よりも前に、自分より模試の順位が下の人間が自分の志望大学に入りそうだ、ということに衝撃を受けたらしい。

いかにも三田村クンらしい質問に苦笑する。こいつの頭の中は模試の順位や点数のことでいっぱいなんだろう。クラスメイトの模試の順位を暗記するヒマがあるなら、『三国志』でも読めば世界の見え方も変わるのに。

そんなだから桜宮市で153番なんていう、ビミョーな順位に甘んじることになるんだぜ、三田村クン。ちなみにぼくが三田村の模試順位を知っているのは、ことあるごとに三田村が順位をひけらかすもんで、頭にこびりついてしまっただけだ。

だから1年B組は全員、三田村の順位を知っている。

そんな三田村に、ポニーテールを揺らしながら振り返った美智子が言う。

「そりゃあ、三田村君にとってはショックよねえ。三田村君の第一志望、東城大学医学部に、落ちこぼれのカオルが飛び級で入学しちゃうなんてね」

三田村は、全世界が崩壊した、みたいな情けない顔つきになる。逆の立場ならぼくだってキレるだろう。コイツは東城大医学部を目指しガリ勉の汚名にも耐え、ひとりこつこつ休み時間もお勉強に励んでいるんだから。

ぼくは慰めるつもりで三田村に言った。

「悪いな、三田村。でも世の中ってこんなもんなんだよね」

口をぱくぱくさせ、言葉も出ない三田村。慰めようとしたぼくのひと言は、瀕死《ひんし》の三田村にとっては、とどめの一撃になってしまったようだ。

ぼくはいつもこうなんだ。悪気はないんだけど、さ。

扉が開き、担任の田中佳子先生が入ってきた。口々にわあわあ質問するみんなの言葉の集中砲火を浴び、立ちすくむ田中先生。その声の塊を制して、美智子が言う。

「みんな、ちょっと待って。ほら、田中先生が固まっちゃってる」

その場を静めて、美智子が代表質問を行なった。

「曾根崎君が東城大学医学部に入るって、本当ですか？」

みんなの視線が集中すると、田中佳子先生は頰を紅潮させて、じっと考え込む。

「ええっと、ねえ……」

田中先生の音楽の授業では一度も達成されなかった静寂が教室を包む。みんなどきどきしながら田中先生の言葉を待つ。そりゃそうだ、この件に関して一番の事情通のぼくですら、田中先生の言葉を待ち焦がれているんだから。でも田中先生は見事にぼくたちの期待を裏切った。まあ、それがいつもの田中先生なんだけど。

「……先生にも、よくわかんない」

「なんでぼくじゃなく曾根崎君なんですか？」

すかさず質問する三田村。開業医のご両親が幼い頃から施した英才教育の賜物《たまもの》だろう。ヤツはきっと、こんな風に言い聞かされて育ったに違いない。

わからないことがあったら何でもすぐに先生に質問するのよ、優一、とかさ。

「この間みんながやった、潜在能力試験っていうのがあったでしょう」

「ああ、あのへんてこな試験ね」

美智子がすかさずあいづちを打つ。隣で三田村がうなずく。

「あれは新しいタイプの多変量解析手法を用いて、最新のゲーム理論を基礎に置いていたと思われた試験ですね。さすがの進藤君も苦労していたみたいですけど」

げ、なんて的確なキーワード。もしかしてぼくは三田村を見くびっていたかも。

三田村は優越感に満ちた視線で美智子を見た。模試の成績こそ三田村は美智子を上回っていたけれど、美智子はガリ勉でなく授業以外で勉強する姿を見たことがない。だからみんなは美智子の「潜在能力」は三田村よりも上だと見ていた。そんな気配を感じ取った三田村は、ことあるごとに美智子に模試の順位の差をひけらかす。

美智子の方は全然、気にも留めていないんだけれど。

ちなみに三田村調査によれば、この間の模試の美智子の順位は230番だったそうだ。それは三田村がポロリとしゃべったせいでわかったことだけど。

そんな三田村の脳天を、幹竹《からたけ》割りチョップの衝撃が襲った。田中先生が言う。

「実はあの試験で、曾根崎君が日本で第1位の成績だったんですって」

「えーっ？」

『翼をください』クライマックス二部合唱は見事にハモった。これなら学校内合唱大会どころか、地区予選も楽勝で通過する。次のセリフもみんな揃った。

「信じられなーい」

はい、お見事。合唱コンクール全国大会出場決定。

ただひとり、三田村だけはあまりの衝撃に言葉もなくノックダウンされていた。

静まり返った場を破ったのは1年B組の無法松《むほうまつ》、ヘラ沼だ。

さすがおきて破りの暴れん坊だけのことはある。

「曾根崎、お前、カンニングしただろ」

げ、図星。だからコイツは侮れない。その時、脳裏にパパの教えがよぎった。

『ゲーム理論の原則2　ティッピング・ポイントは死守せよ』

本能的にここがその分岐点、関ヶ原《せきがはら》かバルト海と悟ったぼくはすかさず応酬する。

「バカだなあ、ヘラ沼。ぼくは日本一なんだぜ。まわりにぼくよりできるヤツがいないのに、どうやってカンニングしていい点が取れるんだよ」

会心の一撃で無法松は玄界灘《げんかいなだ》の藻屑《もくず》と消えた。

ふははは、ヘラ沼クン、所詮《しょせん》お前は小者のスライムだったわけさ。

でも、ぼくはパパの教えで一番大切なことを忘れていた。

「何事も勝ちすぎるのはよくない。ほどほどが一番」

それはパパの言葉にしてはあまりにも一般的で、カレンダーの人生訓そっくりなので、つい忘れてしまいがちになっている、パパの決め台詞《ぜりふ》だった。ぼくはずっとあとになって、その言葉の重さを思い知らされる。でもこの時はうかつにも、目先の小さな勝利に酔って、そんなことは考えもしなかった。

がらりと扉が開いて、英語担当の鈴木副校長先生が入ってきた。

いつものせかせかした口調で、田中佳子先生に言う。

「田中先生、ダメじゃないですか。肝心のお手紙を持っていき忘れたら」

「あ、すみません、副校長先生」

田中先生はぺこりと頭を下げる。謝り方がとても手慣れた感じだ。きっと職員室でもこの調子で怒られているに違いない。

絶好の情報源がやってきたチャンスを、美智子は見逃さなかった。

「副校長先生、曾根崎君が医学部に入るって本当ですか？　そうすると桜宮中学は辞めちゃうことになるんですか？」

鈴木先生は穏やかな笑顔で言う。

「そうだね、みんなも気になるだろうね。もうじきホームルームの時間だから私からみんなに説明しよう」

一同、着席した。鈴木先生は小さく咳払《せきばら》いをして話しはじめる。

「曾根崎君は、この間の全国統一潜在能力試験でなんと、全国で1番を取ったんだ」

ぼくの顔を見て、「いまだに私も信じられないんだが」と小声で呟《つぶや》く。

それから気を取り直したように、続けた。

「でね、文部科学省が中心になって全国上位5人に対し特別教育プログラムを行なおうという意見が挙がった。飛び級システムの特別バージョンというわけだ。全国の大学に受け容《い》れ先として公募をかけたらいくつか応募があり、住んでいる場所との兼ね合いを考慮して、3組のマッチングが成立した。そのうちの1組が曾根崎君と東城大医学部、ということだったんだ」

「副校長先生、肝心のことを答えてないです。曾根崎君は学校を辞めるの？」

美智子の質問に、鈴木先生は穏やかに笑う。

「ああ、ごめんごめん。曾根崎君は中学校は辞めない。週2日、東城大学医学部の研究室に通い研究するだけだ。もちろん同時に中学校の勉強もするんだよ」

げっ。そうするとこの灰色の檻《おり》からゲット・アウェイできないどころか、勉強とか宿題がダブルになるだけなのかよ。

おお、なんてこったい。

——何事も勝ちすぎるのはよくない。ほどほどが一番だぞ。

パパの箴言《しんげん》を思い出す。でもぼくは日本一になろうなんて思ったわけじゃない。医学部に入りたいと望んでもいない。ただ目の前によく知っている問題が出てきたものだから、喜び勇んで解いてしまっただけだ。それがミスだなんて、あんまりだ。

そこにテトリスがあったからだ、とゲーム・チャンピオンが言った言葉を思い出す。ぼくがその言葉を聞いて感動したんだと伝えたら、パパは笑ってこう言った。

「カオル、そんなことを言ってると笑われるぞ。もっと勉強しろ」

ぼくは、パパがその時ぼくを笑った理由を、いまだにわからないでいる。

クラス中に一日の終わりのホームルームにふさわしい、安堵《あんど》感《かん》が漂う。

学級委員の美智子は、ぼくが転校しないことを知ってほっとし、ガリ勉の三田村は、ぼくが医学部に入学するわけではなさそうだとわかってほっとし、ガキ大将のヘラ沼は、ぼくがつまらない学校からおさらばしないことにほっとし、担任の田中先生は、ややこしい説明を副校長先生がすませてくれたことにほっとし……。

要するにみんなほっとしていた。

ただひとり、ぼくだけを除いて。

妙に晴れ晴れした表情で、田中佳子先生が、いつもの言葉でホームルームを締めくくる。

「それじゃあ今日はこれまで。また明日《あした》も元気よく学校に来て下さいね」

∞

ぼくは放課後、将棋部の部活をサボり、真っ直ぐ家に帰った。まあもともと幽霊部員だから、サボるというほどのことでもないんだけど。

メゾン・ド・マドンナという、洒落《しゃれ》た名前の古臭いマンションの扉を開けると、山咲さんの明るい声が迎えてくれた。

「おかえり、カオルちゃん。今日は早かったのね。おやつはホットケーキよ」

「その呼び方はやめてって、いつも言ってるじゃん」

「あら、カオルっていい名前じゃない。それに、〝じゃん〟なんて乱暴な言葉遣いはやめなさいって、いつも言っているでしょ」

「山咲さんが〝ちゃん〟づけをやめてくれたら、〝じゃん〟っていうのをやめるよ」

そう言い捨てて、ぼくは自分の部屋に向かった。山咲さんは60過ぎだけど見た目は若々しい。ご主人を病気で亡くし、お子さんはひとりいるが結婚して独立している。独り身の身軽さが気に入ってパパが雇ったシッターさんだ。パパの即断即決は間違わない。ゲーム理論の基礎中の基礎で「直感が最高の判断」だそうだ。少なくとも山咲さんをシッターに選んだ点に関しては、ぼくはパパの実践理論を支持している。

山咲さんが焼いたホットケーキをほおばりながら、デスクトップの画面に向かう。パソコンを立ち上げメール・チェック。今朝チェックしたのにもう20件来ている。ほとんどがジャンク・メール。ぼくに養毛剤やスイス時計を売りつけようだなんて節操がなさすぎる。ぼくは片っ端からジャンク・メールをぽいぽい捨てる。膨大なゴミの中からやっと「アッカンベー」君のメールを見つけて、開く。

✉ディア、カオル。今朝の朝食は、カリフォルニア米のリゾットとアボカドサラダだった。伸

舌打ちをする。パパはメールの書きはじめをDearと英語で書かずにカタカナで書く。中学生は英語を勉強してるんだって何度も言ったんだけど。毎日、朝食のメニューだけを淡々とメールするなんて、いかがなものか。でも伸一郎と打つのもめんどくさくて「伸」とだけ書くような横着者が、毎日欠かさずメールしてくれるという事実を思うと、不覚にも胸がちょっぴり熱くなってしまう。

鈴木先生からの手紙をスキャナにかけデジタルデータ化した。ぼくとパパとのコンタクトはメールだから、自然とこうした技術に慣れた。書類を改めて読み直そうとしたけど、漢字が多くて仰々しくて、ちょっと見ただけでイヤになった。

昔の中国の物語に出てくる人物名なら、もっと仰々しい漢字の羅列でも、全然苦にならないのに、不思議なものだなあ。

要するに鈴木先生が言っていたことを、ものものしく書いてあるからなのだなあ、たぶんそういうことなのだろうなあ、と思いながら、ぼくはメールにデータを添付した。それから本文を打つ。

✉カオル→パパへ。東城大学医学部に入学することになりました。つきましてはパパの了解が必要だそうなので、添付書類にサインして送り返して下さい。

パパの意見を求めるという手続きは省略した。ムダなことはしない、というパパのモットーに従っただけなんだけど。

チロリン。

驚いたことに次の瞬間、メールの返信が来た。

ぼくは、太平洋の向こう側の光景を想像した。このレスの速さからすると、パパは今丁度、難問を考えるのに飽きてアップルパイでお茶でもしていたに違いない。

パパの返事を想像して、ぼくはちょっぴりどきどきしながらメールを開く。

🖂ディア、カオル。できるものならやってみな。仲

パパが太平洋を隔てた向こう側で、にやにやしている光景が浮かんだ。

カチンときたぼくは、すぐさま返信した。


🖂できるに決まってるだろ。心配するな。


うっかり無記名で送ってしまい、呆然《ぼうぜん》としたぼくの耳に電話のベルの音が響く。

山咲さんがぼくを呼ぶ声が、けたたましい音と入れ替わる。

「藤田教授という方からお電話よ、カオルちゃん」

2章

2月15日（火）

「扉を開けたときには、
勝負がついている」と、
パパは言った。

「カオルちゃん、なんだかとっても怖そうな人なんだけど」

シッターの山咲さんは受話器の口を押さえて、ぼくに手渡しながら言う。

「心配しないで。東城大学医学部の教授先生だよ」

あっけにとられた山咲さんから、ぼくは受話器を受け取った。

「お電話、代わりました」

「おお、曾根崎君か、元気そうだね。さっきはどうも」

藤田教授の声は、陽気だけど、どことなくよそよそしい印象を受けた。

電話では、あの笑顔が見えないからかもしれない。

「ご用は何でしょう」

「君のお父さんはあの世界的なゲーム理論学者の曾根崎伸一郎教授だそうだね」

ぼくはそのひと言にびっくりした。まだ何も言っていないのに、どうして藤田教授がパパの素性を知ったのだろう。でもその疑問は次の瞬間あっさり解けた。

「さっき君から家庭事情を聞いたので、マサチューセッツ工科大学にメールしてみたんだ。そしたらすぐに『薫をよろしくお願いします』というメールと一緒に承諾書が戻ってきた。お返事の速さがすごい。いやはや、驚いたよ」

あ、パパのヤツ、手抜きでメール開け閉め捨て処理しやがったな。

パパはたいていのことは即断即決。メールは開けたらすぐに返事を書いて送ったら次の瞬間削除する。自分の子どもが飛び級で大学医学部の研究室で特別プロジェクトに選ばれたという大ニュースくらい、せめてお茶をするくらいの時間をかけて迷ってもらいたいものだ、と思った。

そこまで理解したところで、ぼくはやっと我に返る。

「そうでしたか。では、ふつつかものですが、よろしくお願いします」

受話器の向こうで藤田教授が声をあげて笑った。

「ところで曾根崎君は、お父さんと米国暮らしが長かったのかな？　なんだか変わった日本語を話すみたいだけど」

ちらりと山咲さんを見ると、顔を赤らめている。どうやらぼくは日本語の使い方を間違えたらしい。でも次の藤田教授の言葉は、今度こそぼくを本当にびっくりさせた。

「明日《あした》午前10時、桜宮中で記者会見を設定したので、よろしくね」

「はあ？　記者会見って何のことですか？」

ぼくは思わず尋ね返す。

藤田教授は朗らかに答える。

「曾根崎君は、日本初の中学生医学生なので、テレビや新聞から取材申し込みが殺到しているんだ。まとめて一回ですませてしまおうと思ってね」

耳を澄ますと受話器の向こう側では電話がじゃんじゃん鳴り響いている。

「ちょ、ちょっと待って下さい。それこそパパに聞かないと……」

「それなら心配ない。お父さんからはすでに承諾をもらっている」

チロリン。メール着信。開いてみると取材承諾書の転送だ。パパの返事に対するお礼を同時にぼくに送ってくれたのだ。どうやらぼくがメールを読んでいる間にパパと藤田教授の間では、もう一往復メールのやり取りがあったようだ。

このスピード感はパパそっくりだ。

「校長先生にも今から承諾をもらうんだが、たぶんOKだと思う。明日はきちんとした格好をしてきてほしい」

言いたいことだけ言うと、藤田教授はさっさと電話を切った。受話器を握りしめたぼくは、目の前のカレンダーを眺める。2月15日火曜日、三りんぼう。三りんぼうって何なんだろう、とふと思う。たぶん仏滅よりも縁起の悪い日に違いない。

ぼくが電話の内容を説明すると、山咲さんとの間に小さな諍《いさか》いが起こった。

「明日はきちんとした格好をしましょうね。だってカオルちゃんの一世一代の晴れ舞台なんですもの」

いそいそと一張羅を並べる山咲さんの機嫌を損ねるのも厭《いと》わず、ぼくは言い放つ。

「必要ないよ。いつものジーンズで行くから」

山咲さんは、ぼくを見て言った。

「ジーンズなんて非常識よ。藤田先生は、きちんとした格好をしてきて下さいとおっしゃったのでしょう？　カオルちゃんもたまにはきちんとした格好をしましょうよ」

ぼくは話を打ち切って部屋に戻る。この手の議論を徹底的にやったら、下手をすると朝になってしまいかねないと思ったからだ。

翌朝、メープルシロップをたっぷりかけた山咲さんご自慢のパンケーキをたいらげると、家を飛び出した。服はもちろん、お気に入りのジーンズ。白いシャツに緑のカーディガンを羽織る。うしろで山咲さんの声が聞こえたけど三十六計逃げるに如《し》かず。何を言っているのかは見当はつくから、立ち止まるつもりはない。

いつもよりふたつ後の青いバスに飛び乗った。

中学校に着くと、正面玄関前に人だかりができていた。テレビ局の旗を立てた黒塗りのハイヤーが停まり、テレビカメラを持った若い男の人があちこちの風景を撮影していた。人だかりの中、ぼくを見つけてヘラ沼が脱兎《だっと》のごとくやってきた。

ぼくの肩をつかんで、校舎の裏に引っ張っていく。

「おい、カオルちゃん、あんなにマスコミ呼んじゃって大丈夫なのか？」

「バカだなあ。ぼくがテレビを呼んだわけ、ないだろ」

「そりゃそうだよな。それにしてもすごいもんだよな。サクラテレビまで来てるし。もしも仲良しのお友だちと立ち話をするなんて場面が必要になったなら、オレが出てやってもいいぜ」

「いつからぼくたちは仲良しになったんだね、ヘラ沼くん？」

ぼくは呆《あき》れ顔でヘラ沼を見る。ヘラ沼は動じず、へらへら笑う。

「あれ？　カオルちゃんとオレは一番の仲良しだろ？」

あまりにぬけぬけとした言葉に黙り込んでいると、うしろから肩をぽん、と叩《たた》かれた。しっかり者の学級委員、進藤美智子だ。

「カオル、校長先生が呼んでるよ」

未練たっぷりのヘラ沼に見送られながら、ぼくは美智子に従い玄関に向かった。

「なんか、とんでもないことになっちゃってるけど大丈夫？」

美智子が振り返りながら言うと、ぼくはふるふる首を振る。

「ぜんぜん大丈夫じゃないよ。なんでこんなことになっちゃったんだろう」

「あまりにもいい成績を取りすぎるからよ。勝ちすぎるのはよくないぞ、っていつも小父《おじ》さまも言っていたじゃない」

幼なじみの美智子は、昔アメリカにいた時にぼくのパパと会ったことがあるらしく、曾根崎ゲーム理論に関しては理解が深い。

「あの程度で日本一になっちゃうなんて、夢にも思わなかった」

「本当におバカね。問題を一目見てわかったわ。あれ、小父さまが作った問題でしょ。事前に問題の中身と答えがわかってれば、いい成績を取れて当たり前じゃないの」

思い出した。初めにパパから問題を渡されたとき、あまりにも難しすぎてひとつも解けなかったから美智子にヘルプを頼んだんだっけ。

「それならどうして美智子は満点を取らなかったんだよ」

「だって、そんなのズルだもの。だから問題の難しさを考えて、平均点よりはプラス5点くらいになるように調整したのよ」

美智子はにっこり笑う。なんて賢いんだ、コイツ。

「美智子って頭いいなあ。お前がぼくの代わりに医学部へ行かない？」

「ばかね、カオル。そんなことをしたかったなら、初めから満点取ってるわ」

言われて、こんなことならあの時三田村に手伝ってもらえばよかったのか、とふと思った。そうすれば三田村は満点を取れて、晴れて希望の東城大学医学部に行けたはずなのに。運は天下の回りもの。あ、違う、それは〝おカネ〟だったっけ。

ポニーテールを揺らした美智子は、校長室の前で立ち止まると振り返る。

「じゃあ頑張ってね。そんな情けない顔をしないで胸を張って。応援してるわ。小父さまも言っていたじゃない。『扉を開けたときには、勝負がついている』って」

美智子の言葉にうなずいたぼくは、相撲取りみたいにほっぺをぱんぱんと叩いて深呼吸をひとつ。そして校長室の扉を開けた。

いきなり熱風が頬を打ち、眩《まぶ》しい光に照らされる。一瞬、眩暈《めまい》がした。閃光《せんこう》に眼が慣れると、校長室に人が大勢いることに気がついた。眩しかったのは、ボイルド・エッグ校長先生の頭がハレーションを起こしたからかな、と思い、いつかこのギャグをヘラ沼に言ってやろう、と考える。

ボイルド・エッグ校長先生はボールド・ヘッド（はげ頭）なのに、ゆで卵みたいに真っ赤になっていた。よく考えたらゆで卵は真っ白じゃないか、と思い、喩《たと》えるならゆでガエルにすればよかったかな、と思い直す。

そんなくだらない考えが一瞬のうちに、頭の中を駆けめぐる。

——うん、これなら大丈夫そうだ。

ぼくは光の渦の中に、藤田教授のにこやかな顔を見つけてほっとした。校長先生が上気しまくった顔なのと対照的に、昨日と変わらない落ち着いた表情だ。

周囲を見回すと10人くらいの人が、銀色のボイスレコーダーを手にして、ぼくを待ち受けていた。

「さあ、曾根崎君、そこに座って」

校長先生が応接室の革張りのソファを指さす。腰を下ろした途端、透明なレンズがぼくを覗《のぞ》き込む。綺麗《きれい》なおねえさんが正面に座る。

「ではみなさん、代表してサクラテレビが打ち合わせどおりに質問します」

低い声で言うと、彼女のうしろに控えている人たちに向かってお辞儀をした。

「よろしくね、曾根崎さん」

ぼくはあいまいに頭を下げた。

「3、2、1、はい、キュー」

グラサンおじさんのカウントダウンに続き、ライトがぼくを照らし出す。

「みなさん、こんにちは。今日は、医学部で研究することになったスーパー中学生、曾根崎君の学校におじゃましましたあ」

ぼくはびっくりした。

目の前のおねえさんの声がいきなり可愛らしい女子大生みたいに変わったからだ。

それと、スーパー中学生なんて言葉にも腰を抜かしそうになる。自分が落ち着いていると思っていたぼくは、たちまち大空に上がる凧《たこ》のようにアガってしまった。

その後の受け答えは、あとで考えても全然思い出せない。

たくさん質問されたはずなのに、気づいたらあっという間にインタビューは終わっていた。目の前の綺麗なおねえさんは矢継ぎ早に質問をして、てきぱきと答えを回収すると、グラサンおじさんを振り返った。

グラサンおじさんはうなずいた。

「曾根崎君、長い時間ありがとうございました」

低い声に戻ったおねえさんが言う。ぼくは、我に返ってお辞儀をした。

藤田教授が、グラサンおじさんに質問する。

「オンエアはいつですか」

「今から超特急で編集しますから、お昼のニュースにねじ込めるかと」

「素晴らしい。いつもお世話になります」

「いやあ、世の中、持ちつ持たれつ、ですからね」

グラサンおじさんは、ボイルド・エッグ校長先生に握手を求めた。校長先生は緊張したのか、右手を差し出したグラサンおじさんに左手を差し出しぶつかって、慌てて右手に代えた。そそくさと握手をすると、部屋にいた人たちはあっという間に姿を消し、部屋の中がしんと静まり返った。藤田教授も立ち上がる。

「では、午後は曾根崎君を東城大学にお連れしますので、もろもろお願いします」

校長先生はうなずく。ぼくは藤田教授の手招きに従って部屋を出た。

玄関前の黒塗りのハイヤーに藤田教授が乗り込み、ぼくもあとに続く。ぱたんと扉が閉まり、車は発進した。

市街地をぬけたハイヤーは、ゆるやかな坂道を上り始める。桜宮中から東城大学医学部までは徒歩30分、バスは一回乗り換えで20分、車なら10分の道のりだ。桜宮丘陵という小高い丘の上にある東城大学医学部は、「お山の大学」と呼ばれている。標高200メートルちょっとなのに〝お山〟と呼ぶのは大袈裟《おおげさ》だけど。

ハイヤーの中で藤田教授は言った。

「今日は私の教室の見学とガイダンスをする。その前に、教室員に曾根崎君を紹介しよう。お昼を食べたら会議に顔を出してもらう。さっきみたいに喋《しゃべ》ってもらう必要はないから安心して。ところでお昼は何を食べたい？」

「何でもいいです」

正直に言えば山咲さんのパンケーキを食べたかった。メープルシロップたっぷりのとびきり甘いヤツ。でもそんなものが、ふつうの店にあるはずもない。

ぼくの答えを聞いて藤田教授は言った。

「それなら病院新棟てっぺんのレストランにしようか。うどんが美味《おい》しいんだ」

その時、黒塗りのハイヤーは東城大学医学部付属病院の玄関に着いた。

確かに藤田教授ご推薦だけあって、うどんは本当に美味しくて、ぼくは少し元気になった。おまけにスカイレストラン「満天《まんてん》」はとても景色がよかった。遠くに見える水平線は、桜宮湾だろう。海岸添いに水族館と深海館が見えて、その反対側の岬の突端に、ナイフみたいにきらりと光る塔が見える。

藤田教授は、食事中もあちこちに携帯電話をかけまくっていた。大半は「ウヅキさん」という人が相手だった。

∞

藤田教授は、「ウヅキさん」と話すときだけ、少しぞんざいになった。話を終えるとにこやかな顔で言った。

「うどん、美味しかっただろう。せかして申し訳ないが、会議に行こう」

ぼくは残ったうどんに未練を感じながら立ち上がる。藤田教授は片手を挙げ、支払いをせずにレジを通り抜けた。ぼくは藤田教授の後を追いかける。

エレベーターに乗り込んだ藤田教授は3階のボタンを押した。12階からゆっくりランプが降りていくと、5階で止まった。乗り込んできたのは恰幅《かっぷく》のいいおじさんだ。藤田教授が急に緊張したのを感じた。そのおじさんは藤田教授をじろりと見た。

「教授会に遅刻だな」

「すみません、垣谷《かきたに》教授。どうしても外せない用事がありましたもので……」

エレベーターの中、気まずい沈黙が流れる。

「そういえば、うちの桃倉《ももくら》君をそちらに預けて、何年になったかな」

藤田教授は、うつむいて小声で言う。

「2年半、です」

「そろそろ論文を出してもらわないと、ウチも困るんだが」

「彼は一所懸命やっていますが、研究には時の運というのもございまして……」

垣谷教授はぼくをじろりと見た。それからハナ先で、ふん、と笑う。

「昼のニュースは見たよ。遣《や》り手の藤田君らしい、派手な仕掛けだったな」

藤田教授は、固い表情になった。

扉が開くと垣谷教授はさっさと先に降り、突き当たりの扉を開けて部屋に入った。扉は開けっ放しだ。教授のクセにお行儀が悪いぞと思ったら、藤田教授も続いて部屋に入る。なるほど、藤田教授もこの部屋に行くんだ、とぼくは誤解を訂正した。

重苦しい雰囲気の中、藤田教授が部屋に入ると、ざわざわしていた部屋が急に静かになる。一斉に視線がぼくに注がれる。ぼくはすごく緊張した。

全員が校長先生みたいにみえた。それもボイルド・エッグ校長なんか目じゃなくて、それよりずっと超エラい先生たちの秘密集会みたいな感じ。

中央の席に座った、白髪混じりの小柄な人が言った。

「定時を過ぎておりますので、定例の第７６５回教授会を始めます」

途方に暮れていると、藤田教授がぼくの肩を押し、パイプ椅子に座らせた。

垣谷教授が言った。

「まず、議長の私から。今日の議題は総合解剖学教室・藤田教授から提出されました、『文部科学省特別科学研究費B・戦略的将来構想プロジェクト』に関する申請書類についてです。その前に議長としてお聞きしたい。事前申請もなしに教授会参加資格のない部外者を帯同されておられるようですが、事情をご説明願います」

それってぼくのことかな？ 心拍数が一気に上昇した。藤田教授が立ち上がる。

そして緊張しているぼくを見ながら言う。

「今回のプロジェクト応募に関しまして、ご説明申し上げようと思いましたが、百聞は一見に如《し》かず、わが東城大学医学部で特別プロジェクト研究に参加することになった日本一の中学生、曾根崎薫君を直接ご紹介するのが一番わかりやすいかと存じまして、異例ではありますが、この場にお連れした次第です。申請をしなかったのは何分にも曾根崎君の承諾を得たのが昨日の午後だったものでして……」

藤田教授はぼくを振り向き小声で言う。

「さあ、教授の皆さんにご挨拶《あいさつ》をしなさい」

反射的に立ち上がったぼくは、棒のように突っ立っていた。藤田教授は小声で言う。

「挨拶だよ。簡単な自己紹介だ。なんだっていい。それくらいはやれるだろ」

せき立てられたぼくは頭を下げた。それから思いつくまま言葉を続ける。

「ええと、こんにちは。曾根崎薫です。よくわからないけど挨拶させられてます」

場の雰囲気が和んだのでちょっとほっとした。別にウケを狙ったわけじゃないけど、どうせならウケたほうがいい。縁なし眼鏡をかけた人が言う。

「薫君、か。可愛い名前だね。ところで趣味は何かあるの？」

「ええと、歴史戦記を読むことです」

「歴史物かあ。じゃあ今回はどうして医学を勉強したいと思ったのかな」

「どうしてって言われても……」とぼくは絶句した。

医学を勉強したいだなんて、一度も思ったことはないし。

すると藤田教授が、助け船を出してくれた。

「曾根崎君は、先日行なわれた潜在能力テストで日本一の成績でした。つまりオールマイティの潜在能力が証明されています。ですから豊かな才能を医学で生かすことは、沈滞の続く東城大学医学部の研究部門に活性化をもたらす一石になるかと」

「藤田君、口を慎みたまえ」

穏やかに質問をしていた縁なし眼鏡の先生が言う。藤田教授はひるまず、笑う。

「沼田《ぬまた》教授、エシックス（倫理問題）で研究の可否を決定される責任者の先生なら、私の言葉の内実は理解して下さるはず。ここ1年で、先生のエシックス・コミティに研究申請を上げられた案件は、確かゼロなのでは？」

沼田教授は、藤田教授の言葉に押し黙る。藤田教授は続けた。

「沼田教授が10年近くエシックスの環境を整えてこられたことは、ここにいる皆さんよくご存じでしょう。しかし倫理の整合性を整えることに固執するあまり、肝心の研究スピリットを押し潰《つぶ》してしまった側面もあるのではないのでしょうか」

沼田教授は黙り込んだ。今度は垣谷教授が質問した。

「藤田教授は派手な仕掛けがお上手ですな。昼のニュースを見ましたが、教授会の同意なく記者会見を設定する手法は賛成しかねる」

「ではお尋ねしますが、垣谷教授には文科省特Bである今回のプロジェクトに相当する予算を他から引っ張ってこられるあてはあるんですか？」

垣谷教授も黙り込む。藤田教授は視線を投げ、縦縞《たてじま》の背広を着た人を見た。

「三船《みふね》事務長、このプロジェクトにはまだほとんど手間をかけていません。ですので、現段階で撤退しても私は全く構わないのですが」

「それは困ります。この予算がないと東城大学の経営は危機的状況に陥ってしまう」

藤田教授は得意気に垣谷教授に言う。

「では時間節約のため、私の提案に対する議決動議を提出したいのですが」

「その前にひとつ、質問してもよろしいでしょうか」

藤田教授の隣に座っている先生が手を挙げた。

穏やかそうな人なのに、その人が口を開いた途端、場に妙な緊張感が漂った。

「藤田教授は1年前にも高校生の佐々木《ささき》君を飛び級で受け容《い》れています。彼は優秀で東城大学医学部に適応しておりますが、なぜさらにもうひとり受け容れようとお考えになったのでしょうか」

「田口《たぐち》教授が発言なさるとは珍しい。確かに先生がおっしゃるとおり、佐々木君は素晴らしい成果を上げてくれています。だからこそこうしたプラットフォームを生かし、道を広げたいと考えたのです」

「高校生ならまだしも、義務教育中の中学生を、ですか」

「その点はご心配なく。私はかねてから医学は義務教育に組み込むべきだ、と文科省に提案してきました。今回資金総額10億円という大規模プロジェクトにエントリーできたのも、そうした下地があったからです。つまり曾根崎君は特殊ケースではなく、今後増えるであろう中高生による医学研究プロジェクトの嚆矢《こうし》なのです」

そこで言葉を切ると藤田教授は続けた。

「田口教授のご心配もわかりますので、義務教育がおろそかにならないよう、曾根崎君が属する中学校の全面協力を得ました。2ヵ月後の新年度、4月1日から週2日はこちらで研究し、他の日は中学校で勉強することで同意ができております。配布資料には記載がありませんが、昨日合意したばかりですのでご容赦下さい」

今度の話はぼくにもわかる。ぼくの負担は2倍になる、ということだ。どうやら神様はぼくをお見捨てになったらしい。ぼくは山中鹿之助《やまなかしかのすけ》になりたいと思ったことなんて一度もないのに、どうして艱難辛苦《かんなんしんく》ばかり押し寄せてくるのだろう。

しかもそれがぼくのためだなんて。まったく、なんてこった。

その後、台本どおりに進むバラエティ番組みたいに、いくつか質疑応答が行なわれたが、どこかぼんやりしていた。話を聞いていると教授たちの意志はさっきのお金の話で決まってしまい、あとはプロ野球の消化試合みたいな感じがした。

中央席に座っていた、ロマンスグレーの髪をオールバックに撫《な》でつけた、小柄な男性が口を開いた。

「他にご質問はありませんか？　では、藤田教授の御提案に賛同される方は挙手を願います」

ぼくが見回すと全員の手が挙がっていた。

「賛成多数、よって本案件は第765回教授会で承認されました」

「ありがとうございます、高階《たかしな》学長」

藤田教授は、正面中央の小柄な男性に深々と頭を下げた。


会議が終わると、藤田教授は少し元気を取り戻したようだった。

「曾根崎君、疲れただろう。もう少しだから、頑張ってくれ。これから、私の教室の見学をしてもらって、それで今日は終わりにしよう。さっき校長先生と話して、曾根崎君には来月から火曜日と木曜日にこっちに来てもらうことになったからね」

次から次へ、ぼくを置いてきぼりにして話が進んでいく。

藤田教授は、新病院棟1階の玄関から外に出た。振り返ると、東城大学医学部付属病院の白と灰色のツインタワーが聳《そび》え立っている。ぼくたちが今出て来たところは、ホワイトサリーという愛称の白い新病院で、隣には今はホスピス病棟の灰色の旧病院が並んでいる。どちらも12階建てで、高さは同じ高層ビルだ。

「どこへ行くんですか？」

ぼくが尋ねると、藤田教授はああ、という顔をした。

「私たちの研究は旧病院、赤煉瓦《あかれんが》棟で行なわれている。そこでは医学の基礎研究がされていて、モルモットを使ったり細胞を培養したりしているんだ」

藤田教授は連絡道路をすたすた歩きはじめた。ぼくはその後を追った。

ぼくと藤田教授の間を木枯らしが吹き抜けていく。

冬の陽射しが明るく凍えている。


赤煉瓦棟は、上空から見ると正方形のこぢんまりした建物に違いない。

5階建てで、こぢんまりと見えたのは、その前に病院本館を見ていたからだ。それは仕方ない。だって、12階建ての桜宮一のツイン高層ビルを目の前にしたら、どんな建物だって〝こぢんまり〟としか言いようがない。

古くて大きいエレベーターに乗り込むと、藤田教授は3階のボタンを押した。ゆっくり扉が閉まる。次の瞬間、エレベーターの中が真っ暗になる。そしてまたすぐに明かりがつくと、がこん、という音とともにゆっくりと上昇を始めた。

「な、なんですか、今の？」

「なんのことだね」と藤田教授は不思議そうに尋ねた。

「一瞬、エレベーターが真っ暗になりましたよね、今？」

藤田教授はああ、という顔をした。

「言われてみれば、それって変わっているのかもしれないね。このエレベーターは建物が建てられた百年以上前に作られたもので、動きはじめる時に一瞬、明かりが消えてしまうんだ。でもここでは毎日のことだから、それがふつうだと思ってしまって、気がつかなかった。まあ、その程度のことだから心配いらないよ」

藤田教授が説明を終えるのを待っていたかのように、エレベーターの扉が開く。

「さ、着いたぞ」

なまぬるい空気が、明るい光と一緒にエレベーターに流れ込んできた。

ぼくは眼を細めた。

「曾根崎薫君、わが総合解剖学教室へようこそ。ここが私の教室だ」

黒塗りの立派な扉が眩《まぶ》しい光に照らされ輝いていた。

藤田教授の言葉を聞いて、胸がどきどきした。ここは解剖学教室。扉の向こう側にはホルマリン漬けの死体がぷかぷか浮かんでいるに違いない。

目の前で扉が開いていく。

ぼくは深呼吸しながら、なぜかパパの言葉を思い出した。

——扉を開けたときには、勝負がついている。

3章

2月16日（水）

「初めての場所でまず探すべきは、身を隠す場所だ」と、

パパは言った。

藤田教授が総合解剖学教室の扉を開くと、そこにはずらりと死体が並んでいた。

……なんてわけはなくて、ごくふつうの部屋だった。机とパイプ椅子とソファが並んでいて、机の上には読みかけの雑誌が何冊か放り出されていた。その中にぼくのお気に入りのコミック雑誌「ドンドコ」を見つけて、思わず嬉《うれ》しくなった。なんだ、医学部の教授もマンガを読むのか。

部屋の隅には小さな机があって、女の人がひとり、ひっそりと座っていた。机の上には、黒い電話と整理整頓《せいとん》された書類の山があった。

「ウヅキさん、紹介するよ。わが教室のニューフェイス、曾根崎君だ」

藤田教授が言うと、女の人は、小さく頭を下げた。小柄で縁なしの眼鏡、こざっぱりしたスーツ。田舎のいとこのお姉さんみたいな感じ。20代後半くらいかな。

「ウヅキ、です。初めまして」と、消え入りそうな声で挨拶《あいさつ》された。

藤田教授は振り向くと、笑顔で言った。

「秘書のウヅキさん。宇治金時《うじきんとき》の宇、お月さまの月で宇月。イキョクインのお母さんみたいな人だから、何かあったらこの人に相談しなさい」

ぼくは頭を下げた。縁なし眼鏡の向こう側の眼が微《かす》かに揺れた気がした。

「今日は時間がない。次は研究現場に案内しよう」

隣の部屋の扉が開く。いよいよ死体を見せられるのかな、とどきどきした。

結局、隣の部屋にも死体はなく、試験管、フラスコ、アルコールランプなど学校の理科室にあるような器具が並んでいた。見たことのない大きな器械もある。なんだか工場みたいだな、と思ったぼくは、ヘラ沼のじいちゃんの工房を思い出した。

藤田教授は、隅のテーブルに並んだ試験管の前に座っていた男性を呼んだ。

「モグラ君、ちょっと」

モグラ？　渾名《あだな》みたいな名字で、ぼくはびっくりした。ぽっちゃりとした男性が試験管から視線を移し、上目遣いにぼくを見た。それから立ち上がり頭を下げる。

「モモクラです。スモモもモモもモモのうち、のモモに、オクラのクラ、です」

モグラじゃなくてモモクラさんか、と思いながらふと、スモモのモモはモモと同じモモという漢字なんだろうか、なんて考えた。ちらりと名札を見ると、「桃倉」とある。オクラはねばねばした野菜だけど、漢字で御倉と書くのかな、と謎は深まる。

でも、モグラというのもそれほど的外れな聞き間違いではなかったなと思った。モモクラさんはどう見ても、モグラにしか見えなかったからだ。

藤田教授はモグラさんに言った。

「佐々木君はどこにいる？」

「さあ、いつものように、どこかをふらついているんじゃないですか」

モグラさんは興味なさそうに言った。佐々木、という名前はどこかで聞いたことがある。そうだ、さっきの会議で出てきた高校生の先輩だ。一体どんな人だろう。

その時、背の高い男性が部屋に入ってきた。ツメ襟の黒い学生服を着ている。

「ちょうどよかった。佐々木君、ここで一緒に研究することになった曾根崎君だ」

藤田教授が声をかけると、佐々木さんは頭を下げ「よろしく」と言った。

学ランを着たこの人がスーパー高校生医学生の先輩、佐々木さんか。

なんだかぶっきらぼうで、怖そうな人だな、というのが第一印象だった。

そこへやってきた宇月さんは藤田教授に目配せをする。

「藤田教授、お電話です。例の件、だそうです」

「わかった。今すぐ行くと伝えてくれ。桃倉君も一緒に来たまえ。曾根崎君は、しばらくここで待っていてくれ」

こうしてぼくは佐々木さんとふたり、部屋に残された。

ぼくは佐々木さんと話をしたかったけど、何を話せばいいのかわからなかった。

佐々木さんは手にした紙を机にばさりと投げ出す。そこには折れ線グラフみたいに赤と青と黄色と紫の線が絡み合った図があった。その下にはアルファベットの文字がずらずら並んでいる。

「やっぱり、あの変異（アブノーマリティ）の再現は無理だったか」

佐々木さんは長めの髪をぐしゃぐしゃとかきながら呟《つぶや》く。右側からぼくが見つめているのに初めて気がついたかのように言う。

「なんだ、まだいたのか」

冷たい響きにがっかりする。ぼくと同じ立場の先輩だから、もう少し親身になってくれると期待していたので。

佐々木さんは大きな眼でぼくを見た。視線は冷たく、理科室で見たことがある石英のような光を放っていた。なんだか心の底まで見透かされてしまいそうだ。

やがて佐々木さんは、緊張をゆるめ、微笑した。

「曾根崎君だっけ？　お前、結構危なっかしいヤツだな」

「え？　どういう意味ですか？」

「さっき、テレビの取材を受けただろ。昼のニュースは、見たかい？」

ぼくはふるふる首を振る。佐々木さんは、苦笑いを浮かべた。

「だろうな。あれを見ていたら、そんな平然としてられないだろうからな」

どんなニュースになっているんだろうと、ぼくは急に不安になった。

そんなぼくの様子を見て、学ラン姿の佐々木さんはため息をつく。

「ひとつ教えてやる。初めての場所では、言いたいことは半分にすることだ」

佐々木さんの言葉が心の中で制服の金ボタンみたいにキラリと光った。

昔パパと一緒に散歩したときに聞いた言葉を思い出す。雑木林を歩きながら、幹についている傷を指さし、これは野生のクマがつけた跡だ、と説明したパパは言った。

――いいか、カオル、初めての場所でまず探すべきは、身を隠す場所だ。それを見つけておいてから探検に出かけないと大変なことになるぞ。

時をへだてて、ふたつの金ボタンみたいな言葉が、カチリと音をたててぶつかったような気がした。

ぼくは佐々木さんを見た。すると扉が開き、藤田教授が戻ってきた。

「曾根崎君、お待たせしたね。それじゃあ行こうか」

ぼくは背中に佐々木さんの硬質な視線を感じながら、部屋をあとにした。

藤田教授は口笛でも吹きはじめそうな顔で軽やかに控え室に戻ってきた。口数は減らせと佐々木さんに忠告されたばかりなのに、ぼくは疑問を口にした。

「藤田先生、死体はどこにあるんですか？」

「死体？　どうしてそんなものがここにあるのかな？」

「だってここは解剖教室でしょ？」

「確かにそうだが、この教室と解剖の関連は医学生の解剖実習くらいで、ふだんは別の研究をしているんだ」と藤田教授は笑う。

「何の研究をしているんですか」

「ある種の癌におけるアブノーマル・ジーンの特異的発現の検索だ。それを当教室の主要モチーフとして展開中だ」

藤田教授の言葉がいきなり難しくなった。きっとこれがいつもの話し方なんだろう、と思った。しつこいと思いながらもぼくにとってはごく自然な質問をした。

「どうして解剖教室なのに死体を研究しないんですか？」

藤田教授は苦笑いした。それから急に真顔に戻って答える。

「曾根崎君の質問はもっともだ。いい質問なのできちんと答えておこう。といっても大した理由じゃない。答えは簡単、その方がお金をたくさんもらえるからだ」

藤田教授はそこで言葉を切ると、早口で続けた。

「研究をする上で一番大切なのはお金だ。大学病院は昔は国立だったけど、20年くらい前に独立行政法人という組織になって予算取りが難しくなった。曾根崎君を受け容《い》れると、教室にもお金が入って万々歳なんだ」

それじゃあ質問の答えになってないぞ、と思ったけど、言っていることはすぐ理解できた。だからといってぼくがその考え方に賛成したわけではないけど。

一方でぼくはほっとしていた。どうやら死体は見なくてすみそうだ。

控え室に戻ると机のところにいた宇月さんが、藤田教授の顔をちらりと見て、うつむいた。藤田教授はぼくに向かってにこやかに言う。

「ようこそ、わが藤田教室へ。これが私からの贈り物だ」

机の上に布を被《かぶ》せた何かの山がある。なんだろう、どきどき。

ぼくの視線を意識しながら藤田教授は、芝居っ気たっぷりに白い布を取り去った。

ジャーン、という効果音が鳴り響いた……かと思った。そこに山のようにうず高く積まれていたのは、ぶ厚い本、本、そしてまた本だ。数えてみると全部で10冊。

「これは曾根崎君にやってもらう実験を理解するために必要な、最低限の参考書だよ。次に来るまでに読んでおいてくれ」

今、なんて言ったの？　この本を10冊全部読んでこいって聞こえたんですけど。

「これが私からのプレゼントで、初めての宿題でもある」

眩暈《めまい》がした。マンガなら大した分量ではないけど。

ぼくはダメモトで藤田教授に尋ねてみた。

「あの、マンガ版の解説書なんてありませんよね？」

その時の藤田教授の顔を、ぼくは一生忘れないだろう。桜宮市全体、いや日本中の人を小バカにした顔を寄せ集めるとああいう顔になるのでは、というくらい冷ややかな表情だった。藤田教授は、その表情に負けず劣らず冷たい声で即答した。

「君は、マンガなんかで医学が勉強できると思っているのかい？」

ツンドラかタイガの永久凍土のような、固くて冷ややかな言葉は、ぼくの五臓六腑《ごぞうろっぷ》に染みわたった。ぼくは天を仰いで、心の底から叫んだ。

——おお、なんてこったい。

藤田教授はタクシーを呼んでくれたけど、タクシーを手配してくれたのはぼくのためではなく、ぼくが運ぶ本のためではないか、という疑いをぬぐい去れなかった。

10冊の本はどれもこれも愛読誌「ドンドコ」と同じくらい厚かった。

信じられるかい？　あの「ドンドコ」と同じ厚さの本が、全部字で埋め尽くされているんだぜ？　それを全部読め、と？

ぼくはタクシーから降りると、5冊ずつ振り分けられた本の束をえっちらおっちら、エレベーターホールに運ぶ。タイミングよくエレベーターの扉が開いたと思ったら、これまた天から舞い降りた天使のような、シッターの山咲さんが立っていた。

「あらまあ、カオルちゃん、大荷物ですこと」

ものすごい偶然に天に感謝したくなる。一方的に恨んだり感謝したり、天にしてみれば迷惑このうえないことだろう。ぼくはふたつの本の束のうち片方を山咲さんに渡すと、エレベーターに乗り込んで5階のボタンを押す。エレベーターの中で、ぼくは山咲さんがここにいるのが、偶然ではなかったと知った。

「藤田教授からお電話があってね。もうじきカオルちゃんがタクシーで家に着くから、荷物を運ぶのを手伝ってあげて下さいっておっしゃったのよ。親切な先生ね」

藤田教授って気が利く人だなあ、とぼくは感心した。

家に着くと山咲さんの得意料理、メープルシロップたっぷりのパンケーキを食べながら、藤田教授のプレゼントをひもといて、1冊だけぱらぱらとめくってみた。写真は多いけど字は小さいし言葉は難しいし、大人向けの本なのは間違いない。すぐに本を投げ出した。再来週までに10冊も読めなんて拷問だ。

——そうだ、明日《あした》、美智子に相談してみよう。

ぼくはベッドに倒れ込み、泥のように眠った。この日からぼくの人生は変わった。でもそれは後に始まる大騒動を思えば、まだ序の口だったのだ。

翌朝の目覚めはサイアクだった。頭の中は昨日5ページだけ読んだ本の中身で爆発しそうで、身体は昨日運んだ10冊の本の重さのせいで、あちこち痛んだ。

ベッドから身体を起こすと、窓から差し込んでくる朝陽が眩《まぶ》しい。

その時、チロリン、と脳天気な音と共に、メールが届いた。

✉ディア、カオル。今朝はフレンチトーストとスクランブルエッグだった。伸

ぼくは枕を投げつけそうになった。どうせ前日のメールをコピペして、献立部分だけ書き直した手抜きメールだ。いつもならスルーするところだけど、今朝は苛々《いらいら》していたぼくは、すぐにモニタに向かい、キーボードを叩《たた》いた。

✉カオル→パパへ。昨日、東城大学医学部に入学しました。テレビのインタビューも受けた。どんなニュースになったのかまだ見てないけど。再来週までに医学の難しい専門書を10冊も読むという宿題が出て困っています。どうすればいいか、教えて下さい。

ちょっと悔しかったけど、頼れるのはパパだけなのだから仕方がない。メールを送るとすぐ返事が来た。どきどきしながら開いたメールはたった一行だった。

✉ディア、カオル。そういう場合は、笑ってごまかせ。伸

机の上に置いたアヒルのクッションに、ばふっと突っ伏した。しばらくそうしていたけど、やがてむくりと頭を持ち上げ、クッションをモニタにぶつけた。

モニタの向こう側、遠く太平洋の向こう側でパパがニヤリと笑った気がした。

とりあえずぼくは、山咲さんが作ってくれたハムエッグサンドを右手でつかみ、左腕に宿題の本を2冊抱えて部屋を飛び出す。

7時32分の「桜宮水族館行き」のバスを逃したら遅刻だ。

∞

いつもの時間の青いバスに駆け込むと、いつもの後部座席に美智子が座っていたので、隣に腰を下ろす。美智子はぼくが乗るひとつ前の停留所から乗ってくる。

「カオル、東城大はどうだった？」

「どうもこうもないよ。医学部も中学校も変わらない。宿題が山ほど出ただけさ」

ぼくは藤田教授の宿題本を見せた。すると美智子は言った。

「ワトソン・クリック博士の『二重らせんの悪魔』と、『PCRの総《すべ》て』だなんて、

なかなか歯ごたえがある宿題ね」

「え？　美智子はこの本を読んだことがあるのかよ？」

「ううん、読んではないけど、アメリカにいた頃、ぱらぱらながめたことはあるわ」

「すげえな」とぼくは素直に感動した。

「じゃあさ、中身をわかりやすく教えてほしいんだけど」

首を傾げ、ポニーテールが揺れた。美智子はちょっと考えて、言った。

「それならウチのクラスには、あたしよりも適任者がいるわ」

あ、面倒だから逃げやがったな、と不満だった。それって誰だよ、と問い詰めようとしたら、桜宮中学前、というアナウンスと共に、バスは停車した。

重い本を2冊抱えたぼくは、美智子に続いて前方の出口に向かう。

教室に入ると、クラスメイトが一斉に殺到した。

「カオルちゃん、テレビではずいぶんカッコいいこと言ってたじゃんか」

ヘラ沼が真っ先に絡んできた。昨日の取材で「ご学友」に指名されなかったことを根に持っているらしい。

——ち、面倒くさいヤツ。

「実はぼく、まだ番組を見ていないんだ」と答えながら、そういえば山咲さんがお昼のニュースを録画予約してくれていたんだっけ、と思い出す。

見ようと思えば見られたのに、とちょっと残念な気持ちになった。やっぱり昨日は相当疲れていたんだな、と改めて実感する。

ヘラ沼クンは、ぼくの受け答えがカンに障ったらしく、突っかかってきた。

「ああ、さいですか。さすが大スターさまとなると、ご自分の出演作品は多すぎて見ているヒマはない、というわけですね。でも撮影のときの感想なら言えるだろ」

「まあね。そうだなあ、スポットライトが眩しかったな」

「いちいち言うことがキザだねえ、カオルちゃんはよお」

ヘラ沼がそう言った時、扉が開いて、田中佳子先生が教室に入ってきた。

「皆さん、着席して下さい」

田中先生の、小さいけれど涼しげな声にみな自分の席に戻った。

朝のホームルームが始まっても、みんながぼくをちらちら見ていた。

それがちょっと面映ゆく、そして少し誇らしかった。


昼休みは教室に残って、ぶ厚い本と格闘した。そんな様子をちらちら横目で気にしていた三田村は、とうとう我慢できなくなって、ぼくにすり寄ってきた。

「いかがでしたか、東城大学医学部は？」

「うどんがすげえ美味《おい》しかったよ」

率直な感想を言うと三田村は一瞬、呆《あき》れ顔になった。それから気を取り直し言う。

「スカイレストラン『満天』の人気メニューですね。あそこのうどんは定評があるんです。何しろうどんだけで20種類あるんですから」

「へえ、三田村って、東城大について詳しいんだな」

三田村は嬉《うれ》しそうにハナをぴくぴくさせた。

「東城大はパパの母校ですから、一度連れていってもらったことがあるんです。あの12階からのオーシャン・ビューは、実に素晴らしい眺めでした……」

三田村がうっとりと呟《つぶや》く。それからぼくの手元の本を眺めて言った。

「『二重らせんの悪魔』と『PCRの総て』は分子生物学の入門書の定番ですね」

「え？　三田村もこの本を知ってるの？」

「医学部志望の私にとっては必読書です。今〝三田村も〟とおっしゃいましたが、私の他に誰がこの本のことを知っていたんですか？」

「美智子だよ」

三田村はげんなり顔になる。美智子は通訳志望で語学系の大学を目指している。そんな美智子が知っていた本を、読んだことがあると得意げに公言した浅はかさを悔いているのかな、と邪推しつつ、ぼくは三田村の言葉にうろたえていた。

これで入門書だって？　ぼくはおそるおそる尋ねた。

「入門書だと知っているということは、三田村はこの本を読んだことあるのか？」

「当然です。パパの書斎にある本ばかりですから」

ただのガリ勉かと思っていたけど、どうやらコイツは医学オタクらしい。

「三田村って本当に勉強ができるよな。しかも休み時間まで勉強してさ」

「当然の努力をしているだけです。将来はパパの病院を継ぐつもりですから」

「エラいなあ。でもそれなのにどうして模試の順位が百番台なんだ？」

三田村は真っ赤になって黙り込む。周囲をきょろきょろ見回し、小声で言った。

「誰にも言わないって約束してくれますか？」

ぼくは優等生の秘密の匂いに、わくわくしながらうなずく。

「実は私は、社会が苦手なんです。歴史の人物も全然ぴんとこないし、地名なんて、パパと一緒に行ったところ以外の名前は頭に入ってこなくて」

三田村は数学が百点だとか、理科が満点だとかいって褒められるのに、この狭い桜宮で百番台だということが解せなかったが、わかってしまえばしょぼい謎だった。

その時、稲妻のように素敵なアイディアが閃《ひらめ》いた。

「三田村、この本の内容を、ぼくにわかりやすく教えてくれないか」

「ばかばかしい。曾根崎君をお手伝いしても、私には何のメリットもないです」

「そんな考えじゃあ、お前が東城大学医学部の教授になった時は大変だぞ。教授は、ぼくみたいにレベルの低い迷える子羊のような医学生を教えなくてはならないんだぜ。それも毎年、百匹ずつ生まれてくるんだ。ぼくひとりごときをマンツーマンで教えられなくて、大勢の東城大の医学生を教えられると思っているのか？」

その一撃は、三田村のウィークポイントにピンポイントでヒットしたようだ。

「確かに、とても信じられないことなんですがパパの話では、今は曾根崎君のような、出来が悪い医学生がわんさと押し寄せてきているらしいです」

カウンターブローに顔をしかめる。すかさずこっちの弱点を打ち返してくるなんて大したヤツ。しかも無意識に、とは三田村の反射神経、恐るべし。

でも下心があるぼくは、強烈なカウンターに耐えて言う。

「なあ三田村、医学を教えてくれたら、ぼくが社会のコツを教えてやるよ」

その言葉は、三田村君のプライドを傷つけたようだった。

「別に曾根崎君に教えてもらう必要などないです。私が曾根崎君に教えてあげることがあったとしても、ね」

「でも、お前は社会は苦手なんだろ？　ぼくのコツを会得して社会をクリアした三田村君はスーパー三田村になれるから、天下無敵じゃないか」

ぼくの、ハチミツのように甘い言葉が、確実に三田村の脳髄に染み込んでいく。

あとひと押し、とどめの一撃。

「それに、ぼくを指導すれば、お前は中学校にいながら、医学研究の最前線を指揮できるんだぜ。お前のアイディアで研究ができるかもしれない。医学部志望の三田村と、中学生医学生になったぼくの二人三脚は、最強タッグだぜ」

その瞬間、運動会での三田村の勇姿が浮かぶ。50メートル走で完走して拍手をもらえるくらいの感動的なキャラクターの三田村と二人三脚なんて、想像するだけでうんざりだ。でもここは勝負所、ぼくは王手をかける。

「……そしたら曾根崎・三田村理論でノーベル医学賞も夢じゃないかも」

「三田村・曾根崎理論、というのが正確な表記です」とすかさず三田村が言い直す。

フィッシュ・オン。ぼくは三田村の次の言葉を待つ。

三田村は黒縁眼鏡のブリッジを押し上げながら、厳かに告げる。

「仕方ないです。では明日《あした》、本を全部持参して下さい。昼休みに特訓します」

「なんで昼休みなんだよ。放課後にしようぜ」

ぼくは素《す》っ頓狂《とんきょう》な声をあげるが、三田村は冷徹に首を横に振る。

「ダメです。放課後は塾がありますので」

情け容赦ない三田村君は、問答無用であの10冊の、煉瓦《れんが》のような本を持ってこい、と命令するわけね。でも正直、ほっとした。うまくいくかどうかはわからないけど、ぼくがひとりでやるよりは絶対マシなのだから。

昼休みの終わりの鐘が鳴ると三田村は自分の席に戻った。しばらくするとヘラ沼率いる1年B組の面々が戻ってきた。

翌日、教室に運び込まれた本を見て三田村は言った。

「藤田教授は曾根崎君に分子生物学の基礎的研究のPCRからウエスタンブロットというDNAやRNAの遺伝子発現から蛋白質《たんぱくしつ》の生成まで、分子生物学の王道をやらせようとしているようです。その対象疾病は網膜芽腫《がしゅ》、英語名レティノブラストーマとの関連が高い書籍がほとんどですので、レティノをターゲットにした分子生物学の研究を行なうつもりなのは間違いないでしょう」

三田村は本の山から、ポイントに絞りヤマをかけてくれたらしい。こんな分量の本を見てもビビらない三田村を見て、ぼくはちょっぴりヤツを見直した。三田村は続けて言う。

ゆっくり話してくれたけれども結局、三田村の言葉はちんぷんかんぷんだった。とにかくぼくには難しすぎた。だってぼくは歴史だけはカルトな興味を持っている、劣等生なんだから。

でもぼくは真面目に三田村の話を聞いていた。だってそれは、地獄のどん底で途方に暮れていたぼくに向かって、天から降りてきた一筋の蜘蛛《くも》の糸だったのだから。

4章

3月3日（木）

「エラーは気づいた瞬間に
直すのが、最速で最良だ」
と、パパは言った。

3月3日、木曜日。山咲さんの呼び止める声を振り切ってぼくは、家を飛び出した。

行き先は東城大学医学部赤煉瓦棟。記念すべき大学医学部初登校日だ。

本当は4月からの予定だったけど、別に入学式があるわけでもないので、善は急げ、ということで、フライングで一月早く登校することになったのだった。

いつもと反対側のバス停に立つと、片側2車線の広い道路の向こう側の逆方向行きのバス停に美智子が立っていた。ぼくに気づいた美智子は、大きく手を振る。

「カオル、頑張ってね」

周りの人たちを気にしながら、ぼくは小さく手を振り返し小声で呟《つぶや》く。

「そんなでかい声を出すなよ」

でも、いつもは美智子はひとつ手前の停留所から乗ってくるのに、どうしてあんなところにいるのかな、と考えてふと、ぼくを見送るためわざわざバスを降りて待っていてくれたのかもしれない、と気づく。

やがて、いつもの「桜宮水族館行き」が到着し、いつもの窓際の後部座席に座った美智子はぼくに手を振った。そのバスを見送ったぼくは取り残された気分になる。

ぼくは逆方向の「桜宮車庫行き」に乗り込む。2つ目の「桜宮十字路」で右折して「桜宮駅」を通り終点「桜宮車庫」に行くバスだけど、ぼくは「桜宮十字路」で「大学病院行き」の赤バスに乗り換える。赤バスは帰りは「桜宮車庫行き」になり、一部「桜宮岬行き」が混じる。桜宮交通の赤バスは「大学病院─桜宮車庫または桜宮岬」、青バスは「桜宮水族館─桜宮車庫または桜宮岬」というわけだ。

10分後、赤いバスは坂道を上りはじめた。

「次は終点、大学病院です」

バスを降りようとして、乗客はお年寄りばかりだということに気がついた。バスを降りるとぞろぞろと白と灰色のツインビル、東城大学医学部付属病院に向かう。牧場の羊みたいだな、と思いつつ、ぼくはひとり病院へ向かう道を途中で左にまがり、土手の小径《こみち》へ進む。

早春の桜並木を、肌寒い風に吹かれながら、ほとほと歩く。道の果てに、くすんだ赤い煉瓦造りの建物が見えた。こうしてしみじみと眺めると、次第に赤煉瓦棟はお化け屋敷のように見えてきた。

エレベーターの3階ボタンを押すと、ゆっくりと扉が閉まる。一瞬、エレベーターの中が真っ暗になる。すぐに明かりがつくと、ゆっくり上昇を始めた。

いくら理由がわかっても、この小さな暗闇にはぎょっとしてしまう。

どうして修理しないんだろう。不思議だ。

そんなことを考えながら、ぼくは3階でエレベーターを降りた。

藤田教授について歩いた時は、簡単にたどり着けたけど、ひとりだとまるで異国だ。

ぼくは外国へ行ったことはない。パパは学校が休みになるたびに米国へ遊びに来いと言うけど、気が進まない。それは英語の成績が壊滅的に悪くて米国へ行くのが怖かったからだ。小さい頃、パパの言うとおり米国へ行っていれば、今頃は英語もぺらぺら、テストでもラクラクいい点が取れたかもしれないと思うと、ちょっと残念だ。

パパはそんなぼくを知っているから、メールでは相変わらず「ディア、カオル」だなんてカタカナ英語で送ってくる。

そんなことをぐだぐだ考えていたら、ぼくは迷ってしまっていた。

薄暗い廊下を、不安な気持ちでうろうろ彷徨《さまよ》っていたら、『解剖』という文字が入った表示板を見つけて、ほっとして扉を開ける。

熱気が外に流れ出す。中では5人の人たちが口喧嘩《くちげんか》していた。よく聞くと議論しているらしい。背の高い男の人がレポート用紙の束を片手に、漫才師のハリセンのように机に叩《たた》きつけながら、大声で喋《しゃべ》っている。

「ですからこのバンド発現がポジティブかフォールスかということに関して追試結果がサポートされていないんですよ。今必要なのは……」

周りの人が、自分の話以外に気を取られていることに気づいて、ハリセンを持った男の人は振り返る。そこに呆然《ぼうぜん》と立ちすくんでいるぼくを見て、話が途切れた。

部屋を見回すと、見たことのない人ばかりだった。

真ん中の机にちょこんと座った、白髭《しらひげ》豊かなおとぎ話の仙人みたいなお爺《じい》さんが口を開いた。

「君は藤田君のところに来ている坊やだね。ここは『神経制御解剖学教室』だよ。君が行きたい『総合解剖学教室』は、3階の反対側にあるよ」

「解剖学教室って、2つもあるんですか？」とぼくが尋ねると、一瞬、とげとげしい空気が流れた、ような気がした。

さっきまで唾《つば》を飛ばして話していた男の人が言う。

「気をつけな。東城大学には解剖学教室が3つあるが、藤田先生はマスコミと仲良しだから、うかうかしているといいように使い捨てにされるよ」

「赤木《あかぎ》君、何も知らない坊やに、くだらないことを吹き込むものではないよ」

白髭の仙人さんがたしなめる。赤木さんと呼ばれた若い男の人は不満げな表情で、どすん、とソファに腰を下ろす。白髭のお爺さんは穏やかな微笑を浮かべて言う。

「君とは、先日教授会でお目にかかっているんだ。中学生なのにきちんと挨拶《あいさつ》ができて立派な子だなあ、と感心して見ていたんだ」

「すみません。お邪魔しました」とぼくは頭を下げて、部屋を出た。

扉が閉まると、再び赤木さんが大声でまくし立てはじめるのが聞こえてきた。

振り返るとそこには『神経制御解剖学』という看板がかかっていた。でもその扉に見覚えはなかった。どうしてあの時、ぼくはあの扉を開けてしまったのだろう。

真上から見ると真四角の建物の、反対側の廊下に着く。そこに『総合解剖学教室』という見覚えのある文字があったので、ほっとして扉を開ける。

そこには宇月さんがぽつんと座っていた。

「おはようございます」

宇月さんはびっくりした顔でぼくを見た。そして小声で挨拶を返した。

「おはよう。早いのね」

「ええ？　もう9時半ですよ。ぼくは、少し前に着いたんですけど迷ってしまって、神経なんとか解剖教室に行っちゃったんです」

宇月さんはひっそりと笑った。そして言う。

「この時間だとあの教室ではカンファレンスしていたでしょ？」

「カンファレンスって言うんですか？　学級会の討論会みたいでしたけど」

　宇月さんは、ああ、という顔をして答える。

「カンファレンスというのは、実験結果とか自分の仮説を議論して、いいものを作ろうとする会議よ。学級会って喩《たと》えはハズレてないわ。神経制御解剖学教室では、毎朝やっているの」

「この教室では、いつやるんですか？」

　宇月さんは黙り込んだ。その時、背後から声がした。

「この教室ではそういうのは、一切やらないんだよ」

　振り返ると、白衣姿の桃倉さんがもっさりと立っていた。コンビニ袋を机の上に投げ出す。サンドイッチやチョコレートと一緒にぶ厚いコミック誌が飛び出した。

「あ、『ドンドコ』だ」

　桃倉さんはびっくりしたような顔でぼくを見た。

「君は中学生のくせに『ドンドコ』なんて読んでるのかい」

　これにはぼくの方が驚いた。小学生向きの「ドンドコ」を中学生が読むなんて確かに幼稚かもしれないけど、それを言うならお医者さんのくせに「ドンドコ」を買ってくる桃倉さんの方こそよっぽど変だろう。ところが桃倉さんは嬉《うれ》しそうに訊《たず》ねた。

「曾根崎君は、『ドンドコ』の連載では何が好き？」

「『ハイパーマン・バッカス・リターンズ2』、です」と即答すると桃倉さんはますます嬉しそうな顔になる。

「こりゃ驚いた。この教室に、ようやく同志が現れたか」

宇月さんが小声でたしなめる。

「モグラさん、朝からそんな話をしていると、また藤田教授に叱られますよ」

耳を澄まして聞いても、やっぱり宇月さんはモグラさん、と言っているようにしか聞こえない。ひょっとしたら宇月さんは東北出身なのかしら。

「かまうもんか。どうせ藤田教授のご出勤はお昼過ぎだろ」

「ところが、それがそうでもないんだな」と、扉の向こう側で声がした。

扉が開くと藤田教授が立っていた。桃倉さんは動揺して言う。

「ふ、藤田教授、今日はこんなに早く、どうされたんですか?」

こんなに早く? 掛け時計を見るともうじき10時。ここは遅刻し放題なのかな。それならぼくにとってはパラダイスなんだけど。

「何を言うんだね。わが総合解剖学教室は時間厳守、朝9時に出勤が基本だろ」

「は、はあ」と桃倉さんはきょとんと答えた。

藤田教授は「ドンドコ」を取り上げると、汚らわしい、という視線を投げた。

「何遍言えばわかるんだ。くだらないマンガを読むヒマがあったらPCRプロダクツから生成したマテリアルのシーケンス解読の追試をしたまえ。あの転座が確認できれば、『ネイチャー』級の大発見だぞ」

「鋭意追試はしているんですが、再確認できないんです。昨晩も徹夜で追試してたんですけど」

「そこは気合いだ。意気込みが足りないからシーケンスを再現できないんだ」

藤田教授は、ぶ厚い「ドンドコ」をゴミ箱に投げ捨てた。ああ、最新号がぁ。

桃倉さんは首をすくめると、部屋を出ていった。

ぼくはパパの言葉を思い出す。

——科学に必要なのは、努力や気合いではなく、論理とセンスだ。

藤田教授の言葉は、パパの教えとは正反対の気がした。

藤田教授は桃倉さんのうしろ姿を見送り、小さく舌打ちをする。

「融通が利かないヤツめ。少しは赤木君を見習ってほしいものだ」

それからぼくに向かって、満面の笑みを浮かべる。

「曾根崎君、わが東城大学医学部医学大学院基礎学科、総合解剖学教室へようこそ。今日から君も、わが教室の一員だ」

藤田教授の笑顔が不協和音のように、胸の中いっぱいに広がって、なんとも言えない居心地の悪さを感じた。

ぼくは教授室のソファに腰掛けた。黒革でぴかぴかのすべすべの椅子、ゴージャスな両袖《りょうそで》ソファの向こう側で藤田教授はにこやかに笑っている。

宇月さんが、ぼくの前に紅茶を置き、藤田教授の机に珈琲《コーヒー》カップを置く。

藤田教授はお礼も言わず、珈琲をぐいっと飲む。それから宇月さんをちらりと見ると、宇月さんは部屋を出ていった。

砂糖がなくて、ぼくは仕方なく藤田教授の真似をしてぐいっと紅茶を飲んだ。

シッターさんの山咲さんが入れてくれる紅茶の方が美味《おい》しかったけど黙っていた。

「渡した本は読んできたかね」と質問され、ぼくはうなずいた。

「で、何冊読み終えたのかな？」

「へ？　あれって次来るまでに全部読んでこいという意味じゃなかったんですか？」

「そこまでの期待はしてないよ。まさか全部読み終わったのかね？」

藤田教授は目を丸くした。はずみでうっかりぼくはうなずいてしまう。

「読み終わった？　10冊全部？　本当かね？」

大声に驚いた宇月さんが、隣の秘書部屋から顔を覗《のぞ》かせる。藤田教授は立ち上がるとうろうろ歩きはじめる。その様子を確認した宇月さんは顔をひっこめる。

ぼくは、昔見た、「ヤバいぜ、ダーウィン」という生き物番組の一場面を思い出し、宇月さんて海底の砂の中に棲《す》んでいるチンアナゴみたいだなあ、と思った。

藤田教授は、きらきらした目でぼくを見た。

「さすが潜在能力日本一の中学生だ。ちょっと多すぎたかなと思ったんだが」

藤田教授の表情が緩んだ。あ、ドジった。ぼくはその瞬間、パパの教えを思い出す。

曰《いわ》く「先手必勝、攻撃は最大の防御なり」。

といってもオリジナルは高名な「孫子《そんし》の兵法」なんだろうけど。

もちろん賭《か》けに失敗すれば目も当てられないけど、どうせいずれはボロがでる。それなら僅《わず》かな可能性に賭けてみようという気になった。これはヤケのヤンパチ攻撃という、ヘラ沼とのドッジボール攻防戦で使った戦略で、勝率は悪くなかった。

「藤田教授が期待しているのは、レティノブラストーマの遺伝子発現の特異性を抽出することですね？」

驚きのあまり、藤田教授の表情ががらりと崩れたのをぼくは見た。

一瞬、その眼の奥に奇妙な輝きが宿った気がした。藤田教授はつかつかとぼくに歩み寄ると、ぼくの肩をぽんぽんと叩《たた》いた。

「ほうほう。あれだけ大量の資料を短期間で読みこなしたのみならず、類推から仮説構築までしたのかね。実にファンタスティック、さすが潜在能力試験全国1位にしてゲーム理論の世界的第一人者、曾根崎伸一郎教授の御子息だけのことはある」

サンキュー三田村。1年B組の輝ける頭脳、ガリ勉で医学オタクの三田村優一君、君のおかげで、ぼくの真珠湾《しんじゅわん》攻撃は見事に成功した。

ニイタカヤマ、ノボリオエタゾ、トテトテトテ。

でもぼくはいつも肝心のところで、うっかりしてしまう。

それはパパが何よりも大切にしていた、金科玉条だった。

——何事も勝ちすぎるのはよくない。ほどほどが一番だ。

この時ぼくはパパの一番大切な教えをコロリと忘れてしまった。

ついこの間、そんなことは絶対にしないぞ、と誓ったばかりだったのに。

素早い学習能力と鋭い洞察力を併せ持ったぼくの、無限の可能性を感じ取った藤田教授は目をきらきらさせて立ち上がると、机の抽斗《ひきだし》から薄い小冊子を出す。

「それだけ優秀なら4月の正式な入学を待つ必要もないだろうな。どんどん進もう。今度はこの論文を火曜までに読んできたまえ」

ちらりと表紙を見る。

げげ。大嫌いで苦手な英語じゃないか。

「え、あ、と、ぼく、英語はちょっと苦手でして」

ぼくはあわててカミングアウトした。これ以上能力にゲタを履かされ続けたら竹馬の上の海坊主みたいに降りるに降りられなくなってしまう。これはヤバい。

藤田教授はにこやかに言う。

「中学1年生なら英語は習いたてだろうし、不安な気持ちもよくわかる。だがこれからの研究者は世界標準《グローバル》でなければやっていけない。英語は世界共通言語だから、医学界も英語の能力なしでは闘えないぞ」

あの、別にぼくは医学界でバリバリ闘っていこうだなんて、これっぽかしも思ってないんですけど。昨日は中学で苦手な数学の宿題もたんまり出ていて……。

ぼくが口を開こうとした矢先、藤田教授はガガガガ、と喋《しゃべ》りはじめる。

「医学論文なんて文法は中学レベル、修辞も大したことない。単語は難しいが、あれだけの本を短期間で理解できればすぐわかる。出てくる専門用語はこの間の本に英語と日本語で併記されていただろう。単語が理解できればこの論文の内容は簡単だ」

大東亜《だいとうあ》戦争史によれば、はったりによる先制攻撃の真珠湾攻撃で、日本軍は緒戦を大勝した。だがその攻撃は米国を本気にさせ、結局太平洋戦争では惨敗した。

そんな基本的史実を忘れて、さっきの闘いを真珠湾アタックになぞらえてしまうなんて、ぼくってなんてバカなんだろう。ぼくはひっそり自己反省した。

「これなら想定したステップをかなりすっ飛ばせる。それなら善は急げ。今日から最前線の実験に取りかかってもらう」

すっかりご機嫌の藤田教授の表情を見て、ぼくはひそかにうろたえていた。

ちょっと待ってよ、セニョール。何事もやりすぎはよくないっていうのがパパの教えなんです。それにぼくが理解しているのは原理じゃなくて学校一の医学オタクが理解した概念の、そのまたあらすじを百倍に薄めて口移しでやっとこさ輪郭だけ理解した、というのが現実なんです。

なんて理不尽な仕打ちなんだ、と思いつつも、それも自業自得だと言われてしまえばもはやそれまで、ぼくの先制攻撃の結果だとすれば、行けるところまで行くっきゃない、と肚《はら》を決めた。

「嬉《うれ》しいですぅ。実は是非最前線の実験を見てみたくて、わくわくしてました」

また、パパの言葉が胸をよぎった。

――切り結ぶ太刀の下こそ地獄なれ、踏み込みゆけばあとは極楽。

これはパパのオリジナルではなくて、剣道の偉い先生が作った歌らしい。

地獄も極楽も興味はないぼくだけど、どうせなら踏み込んで極楽にたどり着こう。ここで下手に日和《ひよ》って遠慮や撤退をすると、せっかくハッタリで塗り固めた張り子の虎もぼこぼこにへこんでしまう。

藤田教授は満足そうに笑みを浮かべて、うなずく。

「素晴らしい。ではさっそく桃倉君の助手として、実地研究に参加してもらおう」

ぼくはソファに腰を下ろし、目の前の紅茶カップの縁をぼんやり眺めた。

「Any questions?」

藤田教授は、ぼくの顔を見つめてひと言言う。

「は？」

「曾根崎君は、あの曾根崎教授の息子さんなんだろう。ということは、日常英語くらいはできるのではないのかね」

「あいにく、英語は不調法でして」とぼくは肩を落とす。

「君って時々へんてこな日本語が出てくるね。一体誰の影響なのかな」

それは大好きな歴史戦記物の影響だ、と答えると喧嘩《けんか》を売っていると誤解されそうな気がしたので黙っていた。

「エニ・クエスチョンズ、つまり何か質問はありますか、と聞いたんだ」

ぼくはその親切な解説をスルーしようとしたが、その時心の隅に引っかかっていた疑問をふと思い出す。なんの考えもなしに、その疑問が口を衝《つ》いて出た。

「この階の反対側に、神経なんとか解剖学教室っていうのがありますけど、あそこもやっぱり解剖学教室なんですか」

突然、藤田教授が表情の色をなくし、無色透明な顔つきになる。って、なんだろう、無色透明な顔つきって。自分で思いつきながらその表現に首をひねる。

「あんな教室のことなど、君が知る必要はない。全然大したことはないところなんだ、あそこは」

　しばらくして藤田教授が言った、言葉の冷たい響きに、ぼくは首をすくめた。


　藤田教授とエレベーターに乗り込むと、また明かりが一瞬消えた。

それからゆっくりと下降しはじめる。1階を過ぎて、地下1階に到着する。

扉が開くと、ひんやりした空気がぼくの身体を包んだ。

薄暗い廊下が真っ直ぐ続いていた。天井にはぽつんぽつんと裸電球がぶら下がり、時代が一気に半世紀くらい巻き戻った感じがした。

先を歩く藤田教授の足音が、かつーん、かつーんと尾を曳《ひ》くように響く。

足音はゆっくりなのに、藤田教授の姿はぐんぐん先に進む。薄暗い闇の中に、背中が消えそうになり、慌ててあとを追う。

　少しでも距離が開くと、闇に囚《とら》われてしまいそうな気がした。

　藤田教授は突き当たりの扉で振り返る。

「曾根崎君、注意しておく。今通った廊下のドアは決して開けてはいけないよ」

あっさりした藤田教授の言葉も、ここで聞くと重みがある。ぼくは唾《つば》を飲み込む。

掠《かす》れ声で「どうして、ですか？」と尋ねると、藤田教授はさらりと答えた。

「あの部屋には解剖された人たちの臓器をホルマリン保存したバケツがあるからだ」

「やだなあ、藤田教授ってば。冗談はやめて下さい」

藤田教授は不思議そうな顔でぼくを見て、言う。

「なぜ私が冗談を言わなければならないのかね」

そのひと言でぼくは動けなくなった。今通り過ぎた部屋には、本当に死体が詰まっているのか。ぼくは藤田教授の影を追い、突き当たりの部屋に飛び込んだ。

薄暗い廊下と対照的に部屋は煌々《こうこう》とした明かりに照らされていた。白衣姿の人が丸くなってうずくまり、机に向かって一心不乱に何かをしていた。

「桃倉くん」

藤田教授に声をかけられても気づかず、桃倉さんは机の上の試験管を見つめて、一所懸命にピペットを操作している。

「も・も・く・ら・クン」

藤田教授の大声に、身体をびくりとさせて、桃倉さんが顔を上げた。

一瞬ぼんやりした桃倉さんは、掠れ声をあげる。

「ふ、藤田教授、どうされたんですか、こんな所で？」

「曾根崎君の理解力は桁《けた》はずれに素晴らしくてね。以前相談した曾根崎カリキュラムを前倒ししたいんだ。ステップ5から始めよう」

「そ、そんな無茶な」

「なにが無茶なんだね。君が指定した参考書10冊をたった2週間で全部読んできた。さすがスーパー中学生医学生だ。これなら一気にステップ5に飛んでも問題はない」

桃倉さんは心配そうに、ぼくに尋ねた。

「本当に2週間であの10冊を全部読破できたの？　半年はかかると思ったのに」

なんてこったい、セニョール。そうならそうと早く言ってよ。

そうすれば、三田村からコーチを受けたことを小出しにして、きっちり半年かけて読了したことにしたのにさあ。

パパの言葉がぼくの胸をよぎる。

――エラーは気づいた瞬間に直すのが、最速で最良だ。

一瞬、今ここで、真相を打ち明けてしまおうか、と思った。カミングアウトしようと口を開きかけた時、扉が開いて、背の高い男性が部屋に入ってきた。

学ラン姿のスーパー高校生医学生、佐々木さんだ。

何気なく佐々木さんが手に持っていたガラス瓶を見たぼくの背筋が凍りつく。ガラス瓶の中に浮かんでいたもの、それは眼球だった。水の中でゆらゆら揺れる眼球がぼくをじろり、とにらんだ。それを見て、気が遠くなる。

薄れゆく景色の片隅で、佐々木さんの右眼が冷たく光った。

∞

ひんやりとした感触を額に感じて眼を開ける。天井が白かった。

「気がついたのね」と低い声がして、白い顔がぼくを覗《のぞ》き込んだ。

宇月さんだ。

ぼくは、自分が倒れてしまったことを思い出し、上半身を起こす。額に載せられた濡《ぬ》れタオルが、ぽとりと床に落ちた。うしろで声がした。

「どうやら曾根崎君には、まだ実験の現場は早すぎたようだな」

藤田教授だ。顔を上げると、逆さまになった教授の顔が眼に入った。

「すみません。曾根崎君がいるとは思わなかったので」

佐々木さんの声にぼくは赤面した。あれっぽっちのことで気を失うなんて、ヤワすぎる。でもあの程度でとは言うものの、いきなり剝《む》き出しの目玉とご対面したら、ふつうの中学生は気を失うだろう。

ぼくはおそるおそる、「あの目玉は、なんだったんですか?」と質問する。

「あれは、手術で摘出されたレティノブラストーマの眼球だ。半分は病気を診断するために使われるが、残り半分を病気の研究をするためにもらってきた」

藤田教授が隅にある丸い入れ物を指さして言う。

「今はディープフリーザーに凍結保存してある」

藤田教授は心配そうに、ぼくを覗き込む。

「眼球に発生する癌、レティノブラストーマは、この教室の研究の大きな柱なんだ。曾根崎君にはその研究の手伝いをお願いしようと思っていたんだが……困ったな」

「どうしてですか?」と尋ねると藤田教授は一瞬迷った顔をした。

「曾根崎君をレティノ・プロジェクトのメンバーにしようと考えていたんだが、摘出眼球を見ただけで卒倒してしまうようなら、少し考え直さないと」

「大丈夫です。さっきは初めてで、しかも突然見たのでびっくりしただけです。心の準備ができていれば平気です」とぼくは急《せ》き込んで言う。

「無理しなくてもいいんだよ。研究のネタは他にもあるんだから」

「いえ、折角ですからレティノブラストーマの研究のお手伝いをさせて下さい」

ぼくが強く言い張ると、藤田教授は怪訝《けげん》そうな顔をした。

「なぜ、そこまでレティノにこだわるのかね」

「なんとなく、です。レティノの研究って面白そうだなと思ったものですから」

ぼくの言葉に佐々木さんの右眼がチカリ、と光った気がした。

その言葉の半分は本当で半分はウソだ。レティノ研究に興味を示したのはぼくではなく、ガリ勉医学オタクの三田村だ。ぼくに10冊の本のダイジェスト解説を超特急で行なったあと、三田村はぜいぜい言いながら言った。

「レティノ研究は、遺伝子学的解析で興味ある一分野を形成しそうです。ぼくのような者ですら、実験アイディアがすぐにいくつも浮かんできます」

「それはよかった。こうなったらレティノ発症のメカニズムを解明して、ふたりでノーベル医学賞をめざそうぜ、えいえい、おー！」

ぼくと三田村の昼休みの勉強会は延々10日間続いた。こうしてぼくはレティノという病気の輪郭を理解した。今さら研究テーマを変えられてレティノを対象外にされてしまったら、これまでのぼくと三田村の膨大な時間が全部ムダになり、ぼくの医学的知識のストックはゼロになってしまう。それだけは避けたかった。

藤田教授はぼくの顔を見て言った。

「まあいい。あわてて決めなくてもいいから、少し考えてみよう。今日は帰りなさい。顔が真っ青だよ」

ぼくは素直にうなずいた。

こうしてぼくの東城大学医学部での研究初日は散々で終わったのだった。

5章

4月9日（土）

「ムダにはムダの意味がある」

と、パパは言った。

4月。

ぼくは中学2年生に進級した。って義務教育なんだから進級できて当たり前で、こんなことを言うこと自体、自分の成績状況を暴露しているようなものだ。

でも、本当にほっとしたんだから仕方ない。

2年生に進級するときクラス替えはなく、1年B組はそのまま2年B組になった。担任も田中佳子先生。最初のホームルームで田中先生はにこにこしながら挨拶《あいさつ》した。

「また皆さんと同じクラスになれて嬉《うれ》しいです。今年こそ合唱コンクールはきっちり仕上げます。今年の自由曲は去年と同じ、『翼をください』でいきますよ」

誰もそんなこと心配してないっつうの。相変わらず浮き世離れしてる先生だ。

ぼくは、3月から参加した藤田研究室での研究生活と、桜宮中学での中学生活という二重生活に徐々に慣れはじめていた。

ぼくは、指導教官の桃倉さんや藤田教授に言われたことをノートにメモして、それを三田村に見せてアドバイスをもらう。いい加減なぼくだけどこういう地味な作業は結構好きだ。なにしろお気に入りのパパの言葉もノートにメモしているくらいだ。

とにかく、実験中気づいたことは全部メモした。それに日付をつけると日記に似たものになった。たとえば4月初めの1週間のメモはこんな調子だ。

●4月5日（火）曇

朝から東城大学。PCR。検体（マテリアルというけど、この実験の場合は目玉の中で勝手に増えるガン、レティノのこと）をすり潰《つぶ》し、クスリと一緒に器械に入れる。待ち時間の間に溝のある寒天を作り、青い液体と検体を一緒に流し込む。それから電気泳動槽という器械に入れて電気を流すと、青い液体が寒天の中をゆっくり進む。流し終えるとその寒天に解析シートというツルツルの紙を貼りつけて、更に濾紙《ろし》を重ね、重石《おもし》を載せる。まるで寒天の押し花みたいだ。こうすると寒天に封じこまれたPCRプロダクツが解析シート上に移るので、3時間後、ぺしゃんこになった寒天から解析シートを剥《は》がして生理食塩水で洗う。それからビニールに液体を入れて（この操作はぼくではなくて桃倉さんがやる）、ゆさゆさ揺れる器械に置く。そこまでやったら桃倉さんに「今日はこれでおしまい」と言われたので帰る。

日付、検体番号、使用プローベ情報はきちんとメモするようにと桃倉さんに口うるさく言われる。ちなみに今日の実験はレティノ・ナンバー24の検体に対しガンガル遺伝子転座の有無を確認できるプローベを使用したPCRだそうだ。

●4月6日（水）晴

桜宮中学の始業式。昼休みに三田村にPCRについて質問する。アニーリングとかいうのが温度によって起こったり起こらなかったりするので、温度を変えることでプライマーというヤツをくっつけたり離したりして、遺伝子DNAの一部分を増幅するそうだ。ちんぷんかんぷんだと言ったら三田村がフクれた。

●4月7日（木）晴

東城大学。解剖学教室に着いた途端、一昨日《おととい》のPCRの結果を桃倉さんから聞かされる。レティノブラストーマに特徴的な蛋白質《たんぱくしつ》関連のRNAの異常発現が検出できたと興奮している。「ガンガル遺伝子転座が、リピート配列の挿入というタイプとして確認できたのは世界でも例がない」らしい。

ビギナーズ・ラックだと桃倉さんは繰り返し言った。データが正しければレティノ特有の蛋白AY811の7番目のアミノ酸が、シンスイ基からソスイ基に転換し、そこでちょんぎれて蛋白質の性質が真逆になるらしい。もっと詳しく知りたかったけど、スーパー中学生医学生のぼくとしては、その程度のことを今さら質問するわけにもいかず、ひたすら桃倉さんの言葉を書き留めるので精一杯だった。

仕方がないから明日《あした》三田村に質問しよう。

●4月8日（金）曇

桜宮中。ぼくの話を聞いて三田村も興奮した。そのソスィ基転換は、今レティノ関連で最もホットな話題なのだそうだ。「転座部位で切断が確認できたら世紀の大発見です」と言う。何でそんな専門的なことに詳しいんだよと聞いたら、ネットで調べればひとつの病気のことなら明日にでも医学部の学生に講義くらいできますと言った。こいつはガリ勉じゃなくて、ただの医学オタクだと再確認した。

三田村によれば、ひょっとしたら本当に「三田村・曾根崎理論」でノーベル医学賞が取れるかもしれない、とのことだった。……まさか、ね。

一連のメモを読み終えると、朝食に山咲さんが作ったパイナップル・クロワッサンをほおばりながら、夜中に届いたパパからのメールを開く。4月9日土曜日。今朝は何を食べたのかなと思いつつメールを開くと、珍しく真面目なメールだった。

✉ディア、カオル。昨日のメールはエキサイティングだった。君は医学の歴史に、輝ける足跡を残したのかもしれない。コングラッチュレーション。伸

ゆうべ、研究室での出来事を振り返ってまとめたぼくは、ふと思いついてそのことをパパにメールしたのだった。こんなに褒められたのは久しぶりだ。しかも朝食の献立を書き忘れるなんて、よっぽどだろう。それにしてもぼくももう中2なんだから、コングラッチュレーションくらい英語で書いてほしい。あともちろんディア、も。でも嬉しくてぼくは、パパに即レスした。

✉カオル→パパへ。このまま医学研究者になろうかな。学校の数学みたいに、ムダな勉強なんてやめちゃってさ。

すぐに返信が来た。太平洋の向こう側でパパはコンピューターに向かってお仕事の最中だったらしい。

✉ディア、カオル。お前ならすぐにでも医学者になれるけど、慌てることはない。ムダと思えることも大切だ。ムダにはムダの意味がある。伸

パパのメールは何を言っているのかよくわからなかったけど、それでも誇らしい気

持ちで業務日誌をもう一度読み返してから家を出た。今日はこの間の大発見の再確認のために東城大へ臨時登校することになったのだ。「雨だから傘を持っていきなさい」という山咲さんの声は無視した。マンションの前のバス停は屋根つきでダッシュで30秒、土砂降りでもへいちゃらだ。それに幸い今朝は小雨だ。

すぐにやってきた青いバスの車内には、雨の匂いがほのかに立ちこめていた。

乗り換えた赤いバスがゆるやかな坂道を上るにつれて、雨に煙る東城大医学部付属病院の白と灰色のツインビルが次第に大きく見えてくる。終点のバス停に降り立つと、雨足はかなり強くなっていたので、ぼくは赤煉瓦《あかれんが》棟に向かって駆け出した。

身体についた雨粒を払いながらエレベーターに乗り込む。ボタンを押すと明かりが一瞬消え、ゆっくり上昇しはじめる。ランプの光を見つめながらふと、電気が消えるエレベーターにもすっかり慣れたな、と気づく。ここに通いはじめてからまだ1ヵ月とちょっとなのに、とびっくりする。

ぼくはダブル・スチューデントとしてのペースをつかみ始めていた。コツさえつかめば簡単だ。東城大でやった実験内容をメモして翌日、特命匿名スタッフ三田村に解読してもらう一方で、並行して桜宮中の宿題を東城大で片づけるという画期的な手法も開発したのだ。こう書くとぼくは隙間時間でバリバリ仕事をこなすビジネスマン、24時間戦えますよ、みたいに見えるかもしれないけど、現実はもっとズッコい。

実は学校の宿題を桃倉さんに解いてもらうことにしたのだ。実験を一緒にやるようになって、桃倉さんはぼくが途轍《とてつ》もない劣等生であることを次第に理解していた。

「あまり口やかましいことは言いたくないんだけどさ、曾根崎君はさあ、こんなところで医学研究をするよりももっとやらなければならないことがあるんじゃないのかなあ。たとえばツルカメ算の習得とか、さ。これって小学生の算数レベルだろ」

ごもっともな指摘にぼくは黙り込む。桃倉さんはのんびりと続けた。

「まあ、こうして土曜にわざわざ出て来てくれたんだし、教授が君を引っ張ってきた手前、部下のぼくにも多少の責任がある。何より君はラッキー・ボーイだから、貴重な発見をしてくれた御礼も兼ねて、ぼくが数学を教えてあげよう」

こうしてぼくは労せずして東城大学医学部の現役医師を家庭教師に雇うことになった。でも現実はそんな大そうな話ではない。分子生物学の実験の大半は時間が過ぎるのを待つだけで退屈だ。検体（マテリアル、とかPCRプロダクツ）と呼ばれる、耳かきの先より小さな肉の塊（たいていは癌そのもの）と、コントロールと呼ばれる比較する肉塊（これも同じくらい小さい）を別々にすり潰《つぶ》す。小さなボトルの調味料を数種類ふりかけお湯につけて煮込む。その間にデザートの寒天を電子レンジでチンして型に流し込み、冷えて固まったら冷蔵庫で更に冷やす。ゼリーができたら先ほどの検体のすり潰し液に青いデコレーションをふりかけて少量、窪《くぼ》みに流し込む。

こんなふうに書くと、レストランの腕利きのシェフ並みの忙しさに思えるかも知れないけど、実際はこうした作業を3時間くらいかけて行なうので、のんびりしたものだ。そんなに時間がかかるのは、ぼくの手際が悪いからではなくて、途中で休み時間を入れたりすることがキモだったりするからだ。

下拵《したごしら》えが終わると電気スイッチを入れて2時間。その間は何もすることがない。

ぼくと桃倉さんは退屈な待ち時間を一緒に過ごした。初めは共通の趣味、たとえば「ハイパーマン・バッカス・リターンズ2」について熱く語り合うのは、すぐやめた。

ぼくと桃倉さんは好みが違いすぎた。ぼくは飲んだくれのくせに正義の味方を名乗るバッカスのファンで、桃倉さんは地球侵略を目論《もくろ》む悪者なのに正論を吐きまくるシトロン星人の支持者だから、会話をしていると結局どちらかが不機嫌になる。

でもぼくに勉強を教えるというミッションは、桃倉さんのやり甲斐《がい》を刺激したらしく、とても熱心に教えてくれた。数学の勉強では力関係がはっきりしていて会話もスムーズだ。バッカス対シトロン星人のどっちが世界平和のためになるかなんて議論の時みたいに、こんがらがる要素がない。桃倉さんはこれでも一応、天下の東城大学医学部付属病院の現役のお医者さんだし、ぼくは落ちこぼれ中学生なのだから。

でも現実はぼくの圧勝だ。ぼくがやっていることは、桃倉さんに宿題を押しつけるという悪辣《あくらつ》なコバンザメ商法なのだから。

他人の好意を悪用するなんて日本一のスーパー中学生医学生にあるまじき恥ずべき行為だとわかっているけど、背に腹は替えられない。ふつうの中学生より勉強に不自由なぼくが、望んでもいない日本一という看板を背負わされた挙げ句、日本でもトップレベルの研究をしなければならないという無茶な義務を負わされているんだから、神さまもこれくらいのズルは大目に見てくれるはずだ。でも神さまにそう訴えれば、「それは自業自得じゃ」と冷たく突き放されてしまいそうだけど。

するとぼくの心の中の神さまの姿は、だんだんパパに似てくるのだった。

話が脱線した。実験と宿題のとりかえばや物語の話だ。

桃倉さんの教え方は上手だ。でも小太りなナリと、人の好《よ》さそうな顔に似合わず、桃倉さんは意外に短気だった。

「だからツルの足は2本、亀は4本だろ、頭数が決まっていれば連立方程式が成立するから……」

「……連立方程式って、何？」

「連立方程式を知らないの？　中2ならとっくに習ってるはずだけど」

桃倉さんは眼を見開いた。方程式という言葉は耳にしたことがあるから、授業中こっそり「ドンドコ」を読んでいた時のことかもしれない。今さらそんな過去をつきつめたところで何の意味もないから、ぼくはあいまいにうなずくしかない。

「連立方程式を立てられればラクチンなんだけど。それができないとなると教え方はややこしくなるな」と桃倉さんは頭を抱え、ぶつぶつと口の中で呟《つぶや》く。

「漸減《ぜんげん》法で教えればいいのか。ツルが1匹減って、亀が1匹増えると足の数は2本増えるから、初めに全部ツルだと考えれば足の数が確定されて……」

ぼくは呆《あき》れ顔で言う。

「そんなやり方ならぼくでも思いつくよ。なぜわざわざ桃倉さんに質問したのかわからないの？　この問題は8925匹のツルと亀。足の数はしめて2万7846本。桃倉さんのやり方だと、答えが出るのは一体いつになるのさ」

桃倉さんは呆然《ぼうぜん》とぼくを見た。8925匹のツルと亀が一瞬にして桃倉さんの頭の中で膨れ上がり、爆発したような顔だ。

でもこの話でぼくが言いたかったのは、2万7846本のツルとカメの足のことではなくて、単に桃倉さんは融通が利かない真面目な人だ、ということなんだけど。

そんな話をしていると扉が開いて、宇月さんが顔を見せた。

「桃倉さんと曾根崎君、今から緊急カンファレンスを行なうので、すぐ上に来るように、という藤田教授のお言葉です」

「今すぐ、は無理です。曾根崎君が出した素晴らしい結果を確認中で、一番大切なところで、1時間は手が離せません」

ぼくはびっくりした。桃倉さんが口答えするなんて珍しい。

同時に妄想がむくむく湧き上がってくる。三田村氏の「三田村・曾根崎理論」の証明は案外近いかも。するとやっぱり「曾根崎・三田村理論」にしたほうがいいかな。

三田村が眼鏡をずりあげる姿と共に、その言葉が頭の中に響く。

——曾根崎君は発見の重大さに気づかなかったんですから、その順番は間違いです。

「冗談言っちゃいけないよ」

うっかり自分の妄想に対して言い返したぼくを見て、宇月さんと桃倉さんが驚いた顔をする。ぼくは台詞《せりふ》の続きを心の中にしまいこみ、心の中の三田村に吐き捨てる。

——スーパー中学生医学生・カオル様がそんなこと、知らなかったはずないだろ。

懸命に宇月さんに抗議している桃倉さんを見ながら、ぼくは心の中で高笑いする。

ふははは、スーパー中学生医学生・カオル様の偉大な実験結果を、頑張って確定するがいい、シトロン桃倉よ。

心の中でそう言ったあとで、これじゃあ藤田教授そっくりだ、とふと思う。

「今はどうしても、手が離せないんです」と繰り返す桃倉さんに、宇月さんは困ったように、でも決然と言った。

「難しいことは私にはよくわかりませんけど、藤田教授は、桃倉さんがとやかく言うようなら、首に縄をつけてでも引っ張ってこいとおっしゃっていました」

宇月さんはポケットからロープを取り出した。首に縄をつけてでも、という台詞の小道具としてわざわざ準備してきたんだろうか。宇月さんて変な人だ。

桃倉さんはロープを見て観念したらしく、ため息をつく。

「わかりました。今すぐ上がります」

もう一度、深いため息をつくと、桃倉さんは器械のスイッチを切った。

赤いランプが光を失い、黒ずんでしまった。

藤田教授の陽気な声が景気良くぼくたちを迎えた。

「曾根崎君は天才だ。これは『ネイチャー』級の大発見だよ」

藤田教授が興奮している。部屋の隅にはぼくの先輩、スーパー高校生医学生の佐々木さんが座っていた。その眼は相変わらず冷ややかだ。ぼくは浮かれた心を一遍に急速冷凍された気分になる。

でも藤田教授のはしゃぎっぷりは変わらなかった。

「これで教授会に報告でき、陰口を言っているヤツらも黙らざるを得ないぞ。曾根崎君は東城大、いや日本中の大学に優秀な中学生研究者を導入するための先駆けになるだろう。なにしろすごいことなんだよ、なんだって第1号というものは、ね」

ぼくは藤田教授の言葉を聞いて、パパの言葉を思い出す。

——先頭走者は大変だけど、一番カッコいいんだぞ、カオル。

藤田教授の興奮は収まらなかった。

「一刻も早く結果を報告しなければ。『サイエンス』のラピドレポートが一番早いかな？　それとも『ネイチャー』の電子投稿か。その前にメディアを呼ぶか」

桃倉さんがおそるおそる、言う。

「あの、確かに曾根崎君のシーケンスは画期的ですが、気になることが……」

途端に藤田教授は、ツンドラ地帯のように冷たい眼で桃倉さんを見た。

「君はいつもそうやって冷や水をかけてばかりだね。少しは神経制御解剖学教室の赤木君を見習いたまえ」

おや、藤田教授、確かこの前はその「神経なんとか解剖学教室」って、全然大したことないとおっしゃっていたのでは？

いつもならそこで黙り込んでしまう桃倉さんだけど、今日は珍しく反論した。

「赤木君は素晴らしい研究者ですので、見習いたいと思います。でもそれとこれとは話が別です。曾根崎君の出した結果は追試で確認できていません。メディアに声をかけるのは追試結果を確認してからの方がよろしいのではないかと思います」

追試？　試験も受けていないぼくが、なんで追試を受けなきゃならないんだ？

まさか、三田村にこっそり教わった10冊の本の内容についてテストされるのかな。

ぼくの内心の動揺にはおかまいなしに、藤田教授はますます冷ややかな顔になる。それはぼくが、「マンガで医学の勉強ができますか？」と質問した時にちらりと見せた表情に似ていた。

「桃倉君はグローバルな研究フィールドで今、どれほど激しいバトルが繰り広げられているか、全然わかっていないね。この世界では一瞬の遅れですべてが無になってしまう。ほんのわずかの差で天国と地獄、今ここで曾根崎君が発見したソネザキバンドが確定できれば、将来わが教室からノーベル医学賞受賞者が出るかもしれないのだよ。もっとスケールの大きい、グローバルな視野を持てないものかなあ」

藤田教授の言葉にびっくりした。じわじわと興奮が押し寄せてくる。

聞いたか、三田村。ぼくたちは確実にノーベル医学賞への第一歩を踏み出したらしいぜ。「ソネザキバンド」という単語が耳にこびりついて離れない。

「おっしゃることはよくわかります。でも申しわけありませんが、追試の結果が出るまで、もう少しだけお待ちいただけませんか」

桃倉さんの話を聞いて、「追試」は試験のやり直しではなく、実験結果の再確認らしいと理解できた。しかもどうやらその「追試」はぼくの仕事ではなさそうだ。

でもなぜ桃倉さんがぼくの実験の「追試」を引き受けてくれたんだろう。

「追試の結果はいつ出るのかね？　明日《あした》の朝なら待ってもいいが」

「多分、来週の後半には……」と言う桃倉さんの言葉が終わらないうちに、藤田教授が機関銃のようにまくし立てはじめた。

「私はゆうべ、徹夜でラピドレポートを書き上げた。曾根崎君の結果は、レティノで最大の謎だった発生初期段階でのアルファ蛋白《たんぱく》ガンガル遺伝子の発現機構の疑問点を見事に説明できる。これはコペルニクス的な発想の転換、新たな天才の出現だ。医学界全体がこの才能に瞠目《どうもく》し、震撼《しんかん》することは間違いない」

藤田教授はテーブルの上にばさり、と紙の束を投げ出し、桃倉さんを見下ろした。

「これが世界トップクラスの研究者のスピードなのだよ、桃倉君」

ぼくは妙に納得した。藤田教授のマシンガンみたいなしゃべり方の速さはパパのレスの速さとそっくりだ。パパはゲーム理論では世界第一人者と目されている。

ぼくの眼に、藤田教授の姿が光り輝いて見えた。その隣で、くすぼけた桃倉さんがうなだれていた。藤田教授はとどめを刺すように言う。

「で、桃倉君、明朝までに追試結果を出せるかね?」

桃倉さんは、身を縮めて答える。

「無理、です。先ほど取りかかっていたんですが、先生に呼ばれて中断してしまいました。試薬調整をやり直すので、結果が出るのは最速で4日後の夜です」

藤田教授の顔が見る見るうちに真っ赤になった。でも赤鬼みたいな表情とは裏腹に、藤田教授の口を衝《つ》いて出たのは、もの静かな言葉だった。

「桃倉君は、私が徹夜して書き上げた傑作論文の投稿を2日も待て、というのだね。もしその4日で最大のライバル、マサチューセッツ医科大学のオアフ教授がラピドレポートを投稿したら、わが藤田教室の業績はどうなってしまうのかな？」

桃倉さんの返事はなかった。

「追試の結果を今夜中に出したまえ」という藤田教授の厳命に追い立てられるように、肩を落として部屋を出ていく桃倉さんを、佐々木さんが追う。

ぼくはふたりの姿を見送った。藤田教授に部屋に残るように言われたからだ。

藤田教授の突然の呼び出しがなければ今夜中に追試結果は出ていたはずだ。それができなかったのは藤田教授のせいなのに、ひと言も言い返さず部屋を出ていく桃倉さんのうしろ姿は、見ていて切なかった。でもぼくには藤田教授の興奮が感染していた。発言にちりばめられた華やかな言葉がぼくの胸をどきどきさせた。

「ノーベル医学賞」「ソネザキバンド」「『サイエンス』のラピドレポート」「天才出現」「コペルニクス的な発想転換」「傑作論文の投稿」「医学界が震撼」……。

ぼくの中ではそんな美辞麗句の軍団が渦巻いて、スペース・マウンテンに乗せられた時のように、えー?、はあ、あはははは、と感情がぐらぐら揺さぶられていた。

藤田教授は興奮して、ぼくの肩をぼんぼん叩《たた》く。

「たった1ヵ月少々でこんな素晴らしい結果を出すとは、さすがスーパー中学生医学生。いや、今日からはウルトラスーパー中学生医学大研究者と呼ばせてもらおうか。ジニアス・ソネザキは実にスプレンディッドなミラクルボーイだよ」

藤田教授は、テーブルの上に広げた論文を見た。

「やはり『ネイチャー』かな。今夜中にまとめて明日の朝一で国際宅配便で出そう。そうすれば3日後には本部に届く。それでは曾根崎大先生、ここにサインを」

藤田教授は紙を差し出した。言われるまま、宇月さんから渡された万年筆で空欄に署名した。字が下手っぴなぼくにしては上出来だった。

その紙を取り上げながら、藤田教授は言った。

「よし。これでこの論文のファースト・オーサーは曾根崎君だ。いいかね、この論文は君が書いたんだよ」

「え？ でもぼくは英語は全然……」

ぼくはとんちんかんな答えをした。英語がわからない以上に論文の中身がわかっていないのに。藤田教授はぼくの答えなんか全然聞いていないように興奮し続ける。

「今からコピーを渡すから月曜までに全文暗記してくること。文章は中学英語並み、単語は特殊だがここで1ヵ月も勉強していれば馴染《なじ》みのものばかりだから、理解できるはずだ。あさっての月曜の朝一番に、メディアを呼んで記者会見しよう。ひょっとしたら英語で質問されるかもしれないから、しっかり対応してくれよ」

全文暗記？　ちょっと待ってよ、セニョール。そんな無茶な。

「あのう、月曜は中学へ行く日なんですけど……」とぼくはあわてて言う。

「なにを寝ぼけたことを言っているのかね。『ネイチャー』だぞ。ノーベル医学賞だぞ。くだらん義務教育なんぞ、どうでもよろしい」

藤田教授の強引さについていけず、ぼくは「はあ……」とため息のような返事をする。藤田教授は両手をこすり合わせる。

「さあ明日から忙しくなるぞ。世の中が大騒ぎだ」

藤田教授はぼくを上から下までじろじろ見て、言う。

「月曜日は、もう少しきちんとした格好をしてきてもらわないと困るな」

ぼくは、怒濤《どとう》の展開に呆然《ぼうぜん》としながらもこっくりとうなずいた。

「あの、なんか疲れたので、今日は帰ってもいいですか」

藤田教授は鷹揚《おうよう》にうなずいた。

「ゆっくり休みなさい。来週からは休みたくても休めない日が続くからな」

ぎょっとするようなことを言って、藤田教授はぼくを脅かした。

やがて藤田教授の言葉が正しかったことをぼくは思い知らされる。

正確に言えば、それは藤田教授の想像も超える事態になっていくのだが、その時のぼくにそんなことを知る術《すべ》はなかった。

部屋から出た途端、腕をつかまれて隣の小部屋に引きずり込まれた。

ツメ襟姿のスーパー高校生医学生の佐々木さんは、冷たい眼でぼくを見た。

「さっきの話、本当なのか？」

「へ？」

「あのバンドのシーケンス、お前がやった時は本当に出たのか？」

ぼくはこっくりうなずく。佐々木さんはさらに続ける。

「じゃあ桃倉さんが言ったことも事実か？」

ぼくが首をひねると、佐々木さんは苛立《いらだ》たしそうに早口でたたみかける。

「追試はまだやっていないのか？」

ぼくはもう一度こっくりうなずく。それから掠《かす》れた声で言う。

「さっき、もうちょっとで終わりそうだったんですけど、藤田教授に、絶対今すぐ来なさいって言われちゃって、全部おしゃかになっちゃいました」

佐々木さんは、チッと舌打ちをした。

「藤田教授はすぐ浮かれるからな。国際学会では借りてきたネコみたいにおとなしいクセに」

それから、ひとり言のように呟《つぶや》く。

「モグラさんもモグラさんだ。そんなヒマはありませんってきっぱり言い返してやればいいものを。どいつもこいつも困ったもんだ。で教授はどうするって？」

「明日の朝一番で論文を『ネイチャー』の『ラピドなんとか』に応募するそうです。月曜日にはマスコミを呼ぶつもりみたいです」

佐々木さんは腕組みをして考え込む。

「こうなったら、今さら、どうしようもできないか」

藤田教授と一緒に浮かれていたぼくは、佐々木さんの呟きを聞いて胸の中に黒雲が湧きあがるのを感じた。ぼくはその黒雲をカラ元気で吹き飛ばそうとした。

「そんなにすごい発見なんですか、ぼくが見つけたソネザキバンドって？」

佐々木さんはぼくを見て、うなずく。

「さすがにノーベル医学賞は大げさだが、すごい発見なのは確かだ。ただし……」

冷ややかに付け足した。

「……もし結果が本当なら、だがな」

佐々木さんのその言葉に、ぼくはカチンときた。

「本当に決まっているでしょ。ぼくがズルをしたとでも言うんですか？」

佐々木さんは一瞬、ぼくの剣幕に驚いたようだったが、静かに首を横に振る。

「いや、ズルしたなんて思っていない。ズルってのは物事がわかっている人にしかできないものだからな。お前は分子生物学のことなんか、全然わかっていないだろ」

お前は張り子の虎だと図星を指された気がして、赤面する。

その通りなんだけど、なんだか急に言い返したくなった。

「そりゃあぼくは、佐々木さんの百分の一もわかってません。でも佐々木さんよりも短い時間で、佐々木さんよりもずっとスゴイ結果を出したんです」

佐々木さんは、小声で言う。

「そのとおりだ。もしお前の出した結果が本当なら、な。ところでひとつ聞きたいんだが、お前は何のために医学の研究をしているんだ？」

「何のため、ですって？　ぼくがここにいるのは、ぼくが決めたことじゃないんだから、そんなのわかりっこないじゃないですか」

佐々木さんはため息をついて、言った。

「目的もなく理由も説明できず、ただやればいいというのなら、その研究はクソだ」

ぼくのことを怒っているのだろうか？

でも佐々木さんの怒りはぼくには届かなかった。

ぼくは、言い返した。

「そのとおりです。どうせぼくはガキだし、ぼくの研究なんてクソですよ」

でもその後の言葉は言えなかった。

――でもそのクソみたいな研究の論文が「ネイチャー」に載って、将来ノーベル医学賞を取ったら、その時は佐々木さんは何て言うつもりですか?

ぷい、とそっぽを向いて部屋を出ていこうとしたぼくの背中に投げつけるように、佐々木さんは言った。

「月曜の記者会見の時は、口数は少なくしておけ。いいな」

ドアノブに手をかけていたぼくは振り返り、仕方なくうなずいた。

スーパー高校生医学生の佐々木さんは、顎《あご》をしゃくって早く行け、という顔をした。

ぼくは、部屋を出ていった。

6章

4月11日（月）

「閉じた世界は必ず腐っていく」

と、パパは言った。

ぼくの先輩、スーパー高校生医学生の佐々木さんの冷ややかな視線に見送られ、ぼくはその足で桜宮駅行きのバスに乗る。駅の2つ手前の停留所は「三田村医院前」、ぼくのブレインの三田村の自宅だ。あいつは塾に行っているかもしれないけれども、なんとしても今日中に三田村を捕まえなければ。

赤いバスを降りると、大きな医院の前に立つ。小さい頃、熱を出して何度か三田村のパパに診てもらったことがあったけど、顔は覚えていない。

入口のベルを鳴らすとしばらくして「急患さんですか？　先生は只今《ただいま》外出中です」という女の人の声が聞こえた。

「いえ、三田村君の中学校の同級生の曾根崎です。ちょっと相談ごとがありまして」とぼくがインタホンに向かって答えると、ややあって、ドアがかちりと開いた。

顔を見せた女の人には見覚えがあった。

「あらあら、曾根崎君は久しぶりね。優一は塾に行く時間だけど、ちょっとだけならお話しできると思うから、上がってね」

声を聞いて思い出した。三田村のお母さんだ。応接間に通されたぼくが、目の前に出されたお茶菓子を食べようかどうしようか迷っていると、黒縁眼鏡を押し上げながら、三田村が顔を見せた。

「曾根崎君、突然、どうしたんですか？」

「実は相談があってさ。明日《あした》までにこの論文について詳しく教えてくれないか？」

「今日と明日はダメですね。塾に行く日ですから」

土日も塾通いか、とぼくは驚くやら感心するやら、三田村の顔をまじまじと見た。

いや、感心している場合ではない。ぼくは論文の下書きを、三田村に渡した。

「さっき、藤田教授から受け取った、できたてほやほやの論文の赤ちゃんだ。世紀の『三田村・曾根崎理論』の記念すべき第1号論文だぜ。真っ先にお前に見せたくてさ」

「ま、まさか……」

三田村は震える手で受け取ると論文を見つめた。

「俺たちの研究がノーベル医学賞に選ばれそうだ、という、とっておきのニュースを聞かないで、つまらない塾なんかに行くのかね、三田村教授は？」

「ノーベル賞ですって？　まさか」

そう言いながら三田村は、黒縁眼鏡をずり上げながら、一枚一枚丁寧に論文に視線を走らせる。

「ノーベル医学賞はさすがにオーバーだけど、『ネイチャー』に応募するらしい」

「ネネ、ネ、ネイチャーですって？」

三田村の声が裏返る。もう一度論文を見て唾《つば》を飲み込む。

「本当ですか？」

ぼくは自信たっぷりにうなずく。なにしろ藤田教授のお墨付きだ。

三田村は、ぼくが手渡した論文を手で撫《な》でる。

「これを見たら、パパも驚きますよ。なにしろ『ネイチャー』ですからね」

「な、だからこの内容を超特急でぼくに教えてくれよ。ひょっとしたらあさっての月曜の朝一番に、マスコミの前で発表しなければならないかもしれないんだ」

気がつくとぼくの口調は藤田教授にそっくりになっていた。

三田村はしょぼくれた顔でぼくを見た。そして恥ずかしそうにうつむいた。

「曾根崎君、私はひとつ、重大な秘密を告白しなくてはなりません。実は私は、社会だけではなくて英語もからきしダメなんです」

ぼくは呆《あき》れ顔で三田村を見る。自分のことを棚に上げて、三田村を罵《ののし》った。

「三田村は英語がダメなのか？　お前ってダメダメじゃん。そんなんじゃ、これからのグローバルな国際競争社会を生き残ってはいけないぞ。三田村クンには失望させられたよ。そしたらぼくはこれから、一体誰に頼ればいいんだよ」

縮こまる三田村の姿を見て、ぼくはふと気づく。

これまた藤田教授が桃倉さんに言ったのとそっくりだ。その時、涼しい声がした。

「優一さん、今日はお父さまがいらっしゃらないから車で送ってあげられないので、バスで行かないといけないの。そろそろ塾に行くお時間ですよ」

タイムアップ。これではわざわざここに寄った意味はないけど、仕方がない。

三田村が通う塾は桜宮中の近くなので、ぼくの家の前を通る「桜宮水族館行き」のバスに一緒に乗り込んだ。するといきなり声を掛けられた。

「あら、2人が一緒だなんて、珍しいこともあるものね」

美智子だった。なんという偶然だろう。美智子は駅前のクレープ屋さんに行った帰りだという。三田村が手にしていた論文をめざとく見つけて、美智子が言った。

『網膜芽腫《がしゅ》における新しい画期的抗原発現検出』だなんて、素敵なタイトルね」

「お前、この英語が読めるの？」とぼくはたまげて訊《たず》ねた。美智子はぱらぱらと論文をめくりながら言う。

「単語は難しいけど、文法は中1レベルね。高校入試の英語より簡単よ、これ」

なんだ、コイツ、藤田教授と同じことを言っているぞ。そういえば一度、昼休みにぼくが三田村に特訓されていたところに美智子がきて本をぱらぱら眺めていたっけ。

まさかあの短い時間のうちに、医用英語を覚えてしまったのだろうか。

さすが通訳志望者、美智子ってバケモンだと驚きつつ、ぼくはすかさず言う。

「じゃあ訳してくれよ、これ」

「いいけど。でもところどころわからない単語があるんだけど」

急に元気になった三田村が胸を張る。

「医学用語ならお任せ下さい。曾根崎君を指導しているうちに、完全に自家薬籠中《じかやくろうちゅう》のものとしてますからね、私は」

おい、三田村、いつからお前はそんなに偉くなったんだ、とツッコミを入れようとしてぼくは、実は三田村の言うとおりだと気づく。それにしても三田村はどうしても美智子には張り合いたくなるらしい。美智子はにっこり笑う。

「医学に詳しい三田村クンと、英語の得意な私が力を合わせれば百人力よ。そういう事情ならクラスメイトのよしみでカオルを助けてあげましょうよ」

三田村の頰が微《かす》かに赤らんだように見えたのは気のせいかもしれない。

でもあとが悪かった。

「『チーム曾根崎』の結成ね」という美智子の言葉に三田村が不機嫌な声で呟《つぶや》く。

「『チーム三田村・曾根崎理論』です」

「あら、いつの間にか、ふたりはチームを結成していたの？」

三田村は「いや、まあ、それはですね」としどろもどろになる。

少し落ち着いた三田村は改めて論文の表紙を見返して、「あれ？」と声をあげた。

「私の名前がありません」

ぼくも改めて表紙を眺めた。ローマ字で最初に燦然《さんぜん》と光り輝くK.Sonezakiの文字があり、続いてFujita、Momokuraという名前もあった。それから全然知らない名前がいっぱい並んでいた。それはひとまず棚に上げ、三田村の名前を探した。

確かに三田村の名前はなかった。ついでに佐々木さんの名前が載っていないことにも気がついた。ぼくは焦って言い訳をする。

「藤田教授がゆうべ徹夜で書きあげた論文だから、たぶん三田村の名前を入れ忘れてしまったんだろうな。月曜日に頼んで入れてもらうよ」

「お願いします。パパも喜びますから」と三田村はほっとした顔になる。

バスは美智子の家の前の停留所に到着した。降りようとした美智子に三田村が言う。

「待ってください。ここには『ジョナーズ』がありましたよね。私たちも降ります」

「どうしたんだよ、三田村。塾に行くんじゃないのかよ?」

すると三田村は眼鏡をずり上げて、呆れ顔になる。

「曾根崎君は、何を言っているんですか。ノーベル医学賞の第一歩となる記念碑的な論文なんですよ。一刻も早く内容を把握しなくては。塾なんてどうでもいいです。進藤さん、この論文を訳すのを手伝って下さい」

「おい、三田村、美智子にだって都合ってもんがあるんだぞ」

「あたしはいいわよ。トロピカルサンデーをおごってくれるなら、ね」

「もちろんです。曾根崎君がちゃんと払ってくれます」

なにを勝手に決めてるんだよ、三田村。でも冷静になって考えると、これは今、考えられる最強の一手ではあった。

ぼくは三田村と美智子に続いて、バスを降りた。


4月11日、月曜日。ぼくは桜宮十字路のバス停で赤いバスに乗り換えて、東城大学医学部に向かう。ぴかぴかの晴天で、開け放った窓から吹き込む風は爽《さわ》やかだ。

藤田教授から言われた宿題の、英語論文丸暗記はとっくに諦《あきら》めていた。ただでさえ苦手な英語だから絶対に無理、と悟ったのだ。これくらい不可能だとむしろ割り切りやすい。それにせっかく暗記しても、「まさか本当に覚えてくるとは思わなかった」なんて言われた日には目も当てられない。なにしろ藤田教授には前科がある。

でも中身についてはバッチリ理解できていた。土曜日にジョナーズで夜になるまで、美智子と三田村から徹底的にレクチャーを受けたからだ。そのせいで2人にカレーまで奢《おご》ることになったけれど、これは必要経費だから仕方ない。

そんなこんなで、土曜日と比べたらはるかにグレードアップして自信に満ち満ちてすっかりご機嫌になったぼくは、鼻歌を歌った。

最近アニメ化された「ハイパーマン・バッカス・エキストラ」のテーマソングだ。

するとその時、誰かがぼくの肩を叩《たた》いた。

振り返ると男の子が立っていた。野球帽に半ズボン、幼稚園の年少さんくらいか。右眼に真っ白な眼帯をしている。その子がぼくのシャツの袖《そで》をつかんでいた。

「さて質問です。バッカスとシトロン星人、カイ君が好きなのはどっちでしょう」

コイツがカイ君なのか、と思いつつ、当てずっぽうに答える。

「シトロン星人」

男の子は手をもみ合わせ、トラララ、と言い、両手をぱあっと広げて拍手する。

「大当たり。カイ君が好きなのはシトロン星人、でした」

なんだ、コイツ。ぼくは男の子をまじまじと見つめた。男の子は続ける。

「では第2問。このポーズ、なーんだ」

カイは拳《こぶし》を握り、両腕を胸の前でクロスさせる。ぼくはムッとした。

「ハイパーマン・バッカス、変身のポーズ、だろ」

「トゥルルルル。大正解。では第3問……」

すると、座席のうしろから白く細い腕が伸びて、カイの頭をはたいた。

「だめでしょ。知らない人にハイパーマンクイズ・グランプリをやっちゃあ」

振り返ると、ほっそりした女の人がぼくに向かって頭を下げた。

「ごめんなさいね、この子、バッカスのことを知っていそうなおにいさんを見つけると、すぐにクイズを始めちゃうの」

カイは首根っこをつかまれて、後部座席に強制着席させられた。叩かれた頭をなでながらも笑顔のまんまだ。白い眼帯が目に飛び込んでくる。

バスが終点、東城大学医学部付属病院に到着すると、カイはお母さんに手を引かれ、白い病院棟の隣の建物の方へ歩いていく。振り返りながらぼくに手を振る。

その向こうにオレンジ色のシャーベットみたいな建物が見えた。

桃倉さんが買った今月号の「ドンドコ」には確か、シトロン星人のシールがおまけについていたっけ。今度会ったらカイにあげよう、とふと思った。

赤煉瓦《あかれんが》棟に着いたぼくは、まっすぐ教授室に向かう。

土曜日の帰り際に藤田教授にそう指示されていたからだ。

今日のぼくはジーンズではなく、カジュアルなシャツにストレートズボン、そしてジャケットを羽織っていた。山咲さんや藤田教授が言うところの「きちんとした格好」をするのは、何だか照れくさい。

教授室のドアをノックすると、気の抜けた返事が聞こえた。部屋に入ると、藤田教授は印刷された紙が散乱した机を前に、呆然《ぼうぜん》としていた。

それからぼくの顔を見て、ああ、曾根崎君か、と呟いて、弱々しく笑う。

「どうかされたんですか？」と訊ねると、藤田教授は首を左右に振った。

「いや、なんでもない」

それからぼくの服装を見て、笑顔になる。

「おお、初めてきちんとした格好をしてきたね」

ふだんのジーンズは〝きちんとした格好〟だと思っていなかったわけね、とぼくは再確認した。

「記者会見は何時からですか？」とぼくは尋ねた。

藤田教授は顔を上げ、ぼくをまじまじと見た。

それから、剥《む》き出しになった、ぶっきらぼうな表情を包み隠して、笑顔になる。

「悪いが今回の取材は流れてね。テレビ局には連絡したんだが意外に冷ややかな反応で、論文が掲載されたら取材しますという返事だったんだ」

肩透かしを喰《く》らった気分だけど、同時にほっとした。これで英語論文丸暗記という宿題をサボった言い訳をせずに済むし、この前の取材の時みたいに舞い上がって喋《しゃべ》りすぎることもない。

佐々木さんからは、「口数は少なくしておけ」と厳命されていたけど、これなら問題もない。

でもやっぱり少しがっかりしたのも事実だった。

ぼくってヤツは、心底お調子者なんだなあ、としみじみ思う。そんなぼくの様子を見て、すごく失望している、と誤解した藤田教授は明るい声で言う。

「そんながっかりしないでいい。取材しないのではなく、論文が採用されてからのほうがインパクトがあるということなんだから」

ぼくはうなずく。それから大切な約束を思い出し藤田教授に尋ねる。

「論文はもう応募しちゃったんですか？」

藤田教授は手元の紙を差し出す。

「まだここにある。ひと晩考えたらやっぱり本家の『ネイチャー』は難しいかと思えて『ネイチャー・メディスン』の電子版にした。ネットの電子投稿ならワンクリックで終わる。実は曾根崎君と一緒に送信しようと思って君を待っていたんだ」

藤田教授はにっこり笑う。とってつけたような言い方に違和感を覚えた。

でも人の好意を疑うのはよくない。それに藤田教授の言葉は、ぼくが言いたいことを口にするためには、ちょうど渡りに船だった。

「その応募のことでお願いがあるんです。その論文には沢山の人の名前が載っていますよね。ぼくの知らない人も」

「それがどうかしたかね」

「実はぼくのクラスメイトの三田村ってヤツの名前も載せてほしいんです」

藤田教授は不思議そうな顔で、ぼくを見た。

「なぜ、君の友だちの名前を載せなければならないのかね」

シンプルに問い返されて絶句した。当然の疑問だ。なにしろぼくは三田村の関わりについて伝えてなかったんだから。しどろもどろになりながらかろうじて続ける。

「実はいろいろ世話になっているヤツで、医学にもとても詳しくって」

藤田教授はぼくの言葉を遮って、言う。

「どんなに優秀でも、実験に関わりのない人間の名前を載せるわけにはいかないよ」

その言い方が高飛車に感じられ、ぼくは思わず言い返す。

「それならぼくの知らない人たちの名前があるのはなぜですか。それに佐々木さんの名前もないし」

「曾根崎君は時々、わけがわからない理屈を言うね。ここに載っている人たちは、かつて私がお世話になった人たちだ。『ネイチャー・メディスン』に論文が載るなら、一緒に名前を載せてあげるだけで、その人たちへの恩返しになるんだ」

「それなら、ぼくも恩返しをしたいんですけど」

藤田教授は冷ややかな表情になる。

「どうして君の恩を、私の論文で返さなければならないんだ？」

「これはぼくの論文だからです」

藤田教授は呆《あき》れ顔で言う。

「これが曾根崎君の論文だって？」

藤田教授は、ぼくの顔を穴があくほど見つめた。冷たい視線。

藤田教授が言いたいことは痛いほどわかる。ぼくはこの論文を書いていない。

この論文はぼくの名前で応募するけど、ぼくの論文ではない。

そこまで考えて、それならなぜ藤田教授はぼくの名前で応募するのかな、と不思議に思った。同時にこれでは三田村の名前を論文に入れてもらうのは不可能だと悟った。

どんなに力説しても、ぼくの願いは藤田教授の心には届きそうにない。

藤田教授は、ぼくを机のところに呼び寄せた。

「こっちに来なさい。このラピドレポートを一緒に送信しようじゃないか」

手招きされるまま、藤田教授の机の向こう側に行く。教授のパソコン画面には、英語で表示されたボックスが現れていた。藤田教授に手を取られたぼくは、一緒にパソコンのリターン・キーに手を添えた。

「それじゃあ、いくよ。レディ・ゴー」

どことなく気の抜けた藤田教授のかけ声とともに、ぼくはリターン・キーを押した。

一瞬、パソコンは動作を停止する。次の瞬間、ドーンと大きな音を残しボックスは消え、ぼくの眼にはそのモニタが黒雲のように、残像として映った。

実験室に向かおうとすると、控え室に引きずり込まれる。そこにはまたしてもスーパー高校生医学生の佐々木さんの右眼が冷たく光っていた。

「どうした。顔が真っ青だぞ」

緊張が解けた。あふれ出した気持ちが言葉になって、口を衝《つ》いて出る。

「どうしてぼくの友だちの三田村の名前を論文に載せてもらえないんですか。三田村はぼくにいろいろ教えてくれた。藤田先生は自分の知り合いの名前は関係ない人でも載せるのに、ぼくを手伝ってくれた三田村の名前は載せないなんて、ズルいです」

ぼくはさっきまでの論文の名前のことを手短に話す。佐々木さんは、ぼくをまじまじと見た。ツメ襟の金ボタンがきらりと光る。

「無茶苦茶だなあ、お前ってヤツは。非常識にもほどがある」

「でも、全然知らない人の名前を載せるのはなぜですか」とぼくは言い返す。

脳裏に三田村の淋《さび》しそうな表情がよぎる。佐々木さんは言う。

「大人の世界って、そういうものなんだよ。藤田教授は自分が論文を書いたときにはそうやって知り合いの名前を載せる。代わりに、彼等の論文に藤田教授の名前を載せてもらう、つまり物々交換なんだ」

「そんなことをして、何かいいことあるんですか？」

素朴なぼくの質問に、佐々木さんは肩をすくめる。

「学会や大学での地位が上がる」

「地位が上がると、どうなるんですか？」

「発言力が強くなってお金もたくさんもらえる。そうすれば、やりたい研究をやりたいようにやることができる」

ぼくは解せない、という顔で佐々木さんを見た。それからふと思い出して言う。

「そういえばぼくの論文には佐々木さんの名前もなかったけど、どうしてですか？」

「そうか、俺の名前はなかったのか。まあ仕方ないな」

「だってここでは桃倉さんの次に、実験を一所懸命やっている人じゃないですか」

佐々木さんは真顔で答える。

「俺は藤田教授の言うことを聞かないからだ。納得できなければとことん議論するという態度が気に喰《く》わないんだろうな」

ぼくは怒りを感じた。佐々木さんは名前だけを載せてあげる人より、よっぽど大切にしてあげなければいけない人のはずなのに。それを好きか嫌いか、損か得かということだけで決めるなんて、どうかしてる。

ふと、これが閉じた世界というヤツか、と思い、パパの言葉を思い出す。

――閉じた世界は窓を開けろ。でないと必ず腐ってしまう。

「佐々木さんは悔しくないんですか？」

「俺は、レティノの治療法を開発できさえすれば、あとのことはどうでもいいんだ」

ぼくの問いかけにそう答えた佐々木さんは、ぼくの肩をぽんぽん、と叩《たた》いた。

「今日の記者会見が流れたことはラッキーだったとあとで思える日がくるさ」

ぼくには佐々木さんの言葉と態度が理解できなかった。

「どうせ落ちるだろうけど、それでも論文を初投稿したのは立派だよ。おめでとう。桃倉さんに報告してこい。地下の実験室にいたぞ」

ぼくはうなずいて部屋を飛び出ていった。

地下の実験室で〝追試〟の最中だった桃倉さんは、ぼくを見て実験の手を止めた。

「ラピドレポートの投稿はすんだかい？　藤田教授が曾根崎君を待ち構えていたよ」

「さっき送信しました」

「藤田教授はせっかちさんだから困るよな。あと2日、待ってほしかったよ」

桃倉さんは、表情を曇らせる。

いろいろなことがいっぺんに起こって情緒不安定だったせいか、ぼくは桃倉さんに噛《か》みついてしまった。

「桃倉さんまでぼくの実験にケチをつけるんですか。『ネイチャー』に応募できるような、すごい発見なのに、どうしてみんな素直に喜んでくれないんだろう」

桃倉さんは驚いた顔でぼくを見る。それから言う。

「おめでとう。採用されたら君はこの教室で一番業績のある研究者になる。ぼくよりも、ね。ぼくの論文は、まだ一本もないからね」

桃倉さんはうつむいて手許《てもと》に視線を落とす。

教室で一番の業績? 桃倉さんより優れた研究者? 本当にぼくはそんなものになりたかったのか?

桃倉さんは表情を引き締めた。

「その前に、クリアしなければならない大切なステップがある。それが今やっている『追試』だ。藤田教授も曾根崎君も、そこをすっ飛ばして論文を投稿してしまった。ぼくは、曾根崎君の発見が真実であることを心から祈っているよ」

桃倉さんは、淋しそうに言う。その言葉には、今までのように温かみはあったけど、その底に突き放した冷ややかな響きを感じた。

ぼくは思わず桃倉さんの顔から眼を逸《そ》らしてしまった。

桃倉さんは、やりかけの実験を中途半端に手伝ってもらっても困るから、と言って、ぼくを追い返した。ぼくはとぼとぼとバス停に向かった。

朝は晴れていたのに、今はどんよりと曇り、今にも雨が降り出しそうだ。

バス停にはふたり、バスを待っていた。ひとりは若い女の人だ。その人はぼくに会釈した。つられてお辞儀しながら、誰だっけ、と考えた。

ほっそりした顔に見覚えがあるような、ないような、変な感じだ。

「桜宮車庫行き」の赤いバスが来て3人は順番に乗り込む。ぼくは一番うしろの席で、走りはじめたバスの窓の外を眺める。バスの単調な揺れかげんに、いつしかうとうとしていたぼくの耳に、ハイパーマン・バッカスのテーマソングが空耳で聞こえた。

はっと眼が覚める。女の人がバスを降りるところだった。

ぼくと眼が合うと、女の人は、笑顔でぼくに小さく会釈した。

ぼくも今度はしっかり会釈を返した。

——思い出した。今朝バスで話しかけてきた、カイのお母さんだ。

走りはじめたバスの中、ぼくがその人のことを思い出せなかった理由がわかった。

お母さんはカイを連れていなかったからだ。

白い眼帯をしたカイは今、どこにいるのだろう。

バスの揺れに再びうとうとしはじめたぼくは、いつの間にかその疑問を後部座席に置き忘れてしまった。

「桜宮十字路」というアナウンスで眼が覚めた。家に帰るにはここで乗り換えだ。

しばらく待っていると「桜宮水族館行き」の青いバスが来たので乗り込んだ。それまでぼくは、真っ直ぐ家に帰ろうと思っていたけど、急に気が変わって、一応中学校に顔出ししようか、なんて柄にもない殊勝なことを思いついた。

∞

青いバスは家の前の停留所を通り過ぎ、桜宮中へ向かう。「桜宮中学前」でバスを降りた。放課後の教室が近づくにつれて、だんだん気が重くなってきた。

三田村に合わせる顔がないから行きたくないなあという気持ちがしてきた。でもこの時間なら三田村は塾にまっしぐらだろう、と自分に言い聞かせたのに、この日に限って、玄関のところで下校途中の三田村とばったり顔を合わせてしまった。顔を合わせたくない相手とは顔を合わせてしまうものだ、というマーフィの法則は真理だ。

それが本当にマーフィの法則だったかどうかはよく覚えていないんだけど。

三田村はぼくを見ると、わあ、と駆け寄ってきた。運動会ぶっちぎりのドベの三田村にしては、目を瞠《みは》らんばかりのスピードだ。ぼくはちょっぴり切なくなった。

「曾根崎君、私の名前は載せてくれましたか？」

息をはあはあと弾ませて、眼をきらきらさせながら、三田村はぼくを見つめた。

ぼくは目を逸らす。

「なんか、あの論文はあまり大したことなかったみたいで、『ネイチャー』は止めて、『ネイチャー・メディスン』にしたらしい」

三田村は一瞬考え込むが、すぐに笑顔に戻る。

「『ネイチャー』より少し格が落ちますけど、それでもすごいですよ」

「でもノーベル賞級だって言っていたのに、いっぺんに評価が下がっちゃった気分だよ。やっぱりあまり大した論文じゃないんだよ、アレは」

「そんなことないです。最初から『ネイチャー』というわけにもいかないですよ。医学のことを全然知らない曾根崎君だから、そんなふうに思うだけです」

切なくて涙が出そうだ。さすがに三田村も、ぼくの歯切れの悪さと、曇っている表情を見て、怪訝《けげん》そうに尋ねる。

「何かあったんですか？」

ぼくはうつむいた。それからぽつりと呟《つぶや》く。

「……実は、三田村の名前は、載せてもらえなかったんだ」

「え？」

三田村は黙り込む。

春の風がふたりの間を吹き抜けていく。

やがて、三田村が気の抜けたような声を出す。

「そう、ですか。ダメだったんですね」

「ごめん、三田村」とぼくは頭を下げる。

三田村はうつむいて言う。

「仕方ないです。どうせスーパー中学生医学生なのは曾根崎君で、私なんか、何の関係もない、通りがかりの一中学生なんですから」

「そんな言い方するなよ。三田村の助けがなければ、ぼくはここまで来れなかったんだから」

三田村は、きっと顔を上げ、叩きつけるように言った。

「本当にそう思っているのなら、名前くらい載せられるんじゃないんですか？　あんなに一所懸命やったのに、名前も載せてもらえないなんてひどいです」

よかれと思って言った言葉は、三田村の傷ついた心に塩をなすり込んだようなものだった。どうしてぼくって、いっつもこうなんだろう。

三田村はぽつりと続けた。

「みんな、自分さえよければいいんです。そんなものですよね、人間なんて」

カチンときたぼくは、思わず言い返す。

「こっちだって一所懸命頼んだんだ。うまくいかなかったからって、そんな言い方、しなくてもいいだろ」

「曾根崎君にはわからないんです。私がどんなに、どんなに……」

三田村はぼくを見つめた。それから背中を向ける。

「……もういいです」

遠ざかる三田村の背中を見ながら、ぼくは立ちすくむ。

ぽつり、と水滴が頬に当たる。

ねずみ色の空から、雨粒がこぼれ落ちはじめていた。

7章

4月25日（月）

「名前が立派な
ものほど、中身は空っぽ」と、
藤田教授は言った。

さて「ネイチャー」フィーバー（正確には「ネイチャー・メディスン」フィーバーだけど）が一段落したのは、それから2週間後のことだ。

4月25日、月曜日。

桃倉さんとぼくは地下の実験室で追試実験をしていた。論文を投稿して以来、ぼくと桃倉さんの間にはすきま風が吹いていた。なんとなく気が重くて、ぼくは桃倉さんに実験室家庭教師をお願いしなくなったし、桃倉さんも軽口を叩《たた》かなくなった。

どんより重い空気の中、顔を出したのは藤田教授の秘書の宇月さんだ。

宇月さんは、背中を丸めて実験机に向かっている桃倉さんをちらりと見てから、ぼくに向かって言う。

「曾根崎君、藤田教授がお呼びよ」

ぼくは宇月さんとエレベーターに乗り込んだ。一瞬暗くなるエレベーターの小さな闇に、どきりとする。そういえば、宇月さんとふたりきりでこのエレベーターに乗るのは初めてだ。宇月さんはエレベーターランプが昇っていくのを目で追う。

その落ち着きを見て、大人の女の人だな、と思った。

エレベーターはいつもよりもゆっくりと、3階に向かう。

教授室のドアをノックすると、低い声で返事が聞こえた。

扉を開けると、藤田教授の黒い椅子の背が見えた。

「曾根崎君を呼んできました」と宇月さんが言うと、藤田教授は振り返った。

その表情はどこかうつろで、2年B組の暴れん坊、ヘラ沼がゲームのハイスコアを目前で達成しそこねた時の顔にそっくりだった。

藤田教授は沈んだ声で言った。

「残念ながら『ネイチャー・メディスン』はダメだったよ」

「そうですか」とぼくも少しがっかりした。「ネイチャー・メディスン」は残念だけど、これで三田村に悪いという気持ちが少し軽くなったのでほっとした。

これで機嫌を直してくれるかな、アイツ。

「世紀の大発見なのに、どうしてダメだったんですか？」

ぼくの質問に、藤田教授は腕組みをして苦々しい顔つきで吐き捨てた。

「仮説が飛躍しすぎていると指摘された。それから追試の不備を衝《つ》かれたよ」

藤田教授の言葉は、ぼくにはよくわからなかった。もっと嚙《か》み砕いてほしいなあ、と思いながらも〝追試の不備〟という言葉の意味だけはよくわかった。

――それって桃倉さんが言っていたことじゃん。

でも藤田教授の口から出てきたのは、正反対の言葉だった。

「モグラのヤツが私の指示どおりに追試さえしていれば、こんなことには……」

え？　ちょっと待ってよ、セニョール、そいつはちいと話が違うんでないかい？

藤田教授の顔をまじまじと見たけど、その視線に気づかずにぶつぶつと続ける。

「私はなんて不幸なんだ。部下が優秀なら、とっくに大日本医学会評議委員になっていてしかるべきなのに。赤木君を部下に持つ草加《くさか》教授がうらやましいよ」

そこでぼくがくしゃみをしたので、藤田教授は、ぼくの存在を思い出したように、口をつぐむ。それからふいに、言った。

「『ネイチャー・メディスン』はダメだったから、次に行くよ」

「次ってどういうことですか？」

「別の雑誌に投稿する、ということだ」

「え？　そんなことできるんですか？」

「当たり前じゃないか」

そうならそうと早く教えてくれよ、セニョール。てっきり雑誌「ドンドコ」の懸賞応募みたいに、一度はずれたらダメかと思っていたんだよ。

ぼくはにこにこして聞いた。

「今度はどこに応募するんですか？　ひょっとして『サイエンス』ですか？」

藤田教授は顔を上げると、少し感心したような顔になる。

「曾根崎君も学問の世界のことが少しわかってきたようだね。確かに『ネイチャー』に落ちたら、『サイエンス』というチョイスは王道だが、今回はスピードを重視する。次の投稿は思い切りレベルを下げるつもりだ」

「え？　雑誌にも偉い、偉くないなんていうのがあるんですか？」

「医学雑誌にも大相撲の番付みたいな順位がある。『ネイチャー』と『サイエンス』は並び称される世界一偉い雑誌、まあ横綱だな。でもこの程度の発見では横綱クラスは無理だ、と判断されてしまった。だから今度はうんと下を狙い十両あたりで確実な掲載をめざそう」

横綱から十両に陥落するなんて、それはまた大胆な格下げだな、と思ったぼくは、素朴な質問をした。

「雑誌の番付って、誰がどうやって決めるんですか？」

医学に興味がないぼくですら、その順番決めは面白そうだ、とわくわくした。

ひょっとしてムシキングみたいなカードゲーム機があって、論文同士でバトルさせて決めるんだろうか。それならぼくも参加してみたい、とふと思った。

そんなぼくの気持ちにおかまいなしに、藤田教授はあっさり答える。

「みんなで決めるんだ」

「つまりトーナメント戦ですか？」

「まさか。インパクト・ファクターという数字が大きいかどうかで決まるんだ」

インパクト・ファクターって、英語がまるきりダメなぼくにさえインパクトが伝わる、素敵なお言葉。闘争本能をめざめさせる響きがある。

「それでそのインパクト・ファクターというヤツを、みんなでバトルして決める競技大会が学会ってヤツなんですね」

隣で聞いていた宇月さんが小さな笑い声をあげた。いつも影のように身を潜めている宇月さんにしては珍しい。つられて、藤田教授もふふ、と笑う。

「本当にバトルができたら、どんなにいいだろう。そう、査読者と直接対決できれば、あいつらがどれほどバカで、私の研究の素晴らしさを理解できない愚鈍な存在であるかということを、白日の下に晒《さら》せるのに……」

バトルという言葉につられたのか、藤田教授の言葉は「ハイパーマン・バッカス」の悪役、シトロン星人の独白そっくりに聞こえた。

「論文作成は、前の人の結果を使って新しい科学の結果を積み上げていく作業で、他の論文に引用された回数がインパクト・ファクターになる。その数字が高いということはその論文が沢山の人に使われるような重要発見だということの証《あかし》なんだよ」

「それって、怪獣の人気投票みたいですね」

藤田教授は、ぼくの顔をまじまじと見た。

「曾根崎君はどうしても幼稚なマンガの世界から離れられないのかな。君はウルトラスーパー中学生医学研究者なんだから、もっと自覚を持ってもらわないと困る」

藤田教授が、「ハイパーマン・バッカス」とコミック雑誌「ドンドコ」を途轍《とてつ》もなくバカにしている、という事実を再確認したぼくは話を変える。

「じゃあ、今度はどの雑誌に応募するんですか？」

「『応募』じゃなくて『投稿』だ。君もいい加減に少しは学術用語を覚えたまえ」

「すみません」とぼくは首をすくめる。

今まで聞き流していたぼくの「応募」という言葉も、この流れの中ではハガキ懸賞を連想させ、悪印象になってしまったようだ。

藤田教授はため息をつく。

「まあ、いい。今度応募するのは『マグニフィスント・メディカル・アイ』誌だ」

藤田教授がいきなり「応募」と言ったので、ぼくは当惑する。

「その雑誌は『応募』するんですか？」

藤田教授は自分のうっかりに気づいて、苦笑いした。

「どうでもいいと思ったせいか、曾根崎君につられてしまったよ」

「立派そうな雑誌ですね。『マグニチュードスンスン・マジカル・アイ』って」

藤田教授は憮然《ぶぜん》として腕組みをする。

「話をよく聞きなさい。名前が全然違う。『マグニフィスント・メディカル・アイ』だ。『マグニフィスント』というのは『壮麗な』とか『壮大な』という形容詞だ。昔英語で読んだ『星の王子さま』という小説で、初めて遭遇した思い出深い単語だよ。それに後ろも全然違う。『マジカル・アイ』は、大ベストセラー『視力を回復するためのパズル本』だ」

「要するに、すごく立派な雑誌なんですね」

「名前は立派だがね。ウルトラスーパー中学生医学生の曾根崎君に大切なことを教えてあげよう。雑誌でも会社でも、名前が立派で仰々しいものに限って、中身は空っぽなことが多いものなのだよ」

「やっぱり『ネイチャー』よりもバトル・ポイントが低い雑誌なんですね」

ぼくががっかりして尋ねると、藤田教授は冷たく言い放つ。

「頼むから『ネイチャー』と並べないでくれ。『ネイチャー』のインパクト・ファクターは30、『マグニフィスント』は0・5なんだから」

「でも、『ネイチャー』だってせいぜい30なら、そんなに違わないですね」

これまでの藤田教授の口ぶりから、「ネイチャー」は百万くらいで「マグニチュードスンスン」は2くらいかなと思ったので、そう言うと、藤田教授は苦笑する。

「ついでだから現実を教えてあげよう。『ネイチャー』に論文が載ると学会では話題の中心だし、大学でもみんなが尊敬の眼で見る。だが『マグニフィスント』に載ったらどうなると思う？　却《かえ》ってバカにされてしまうんだ」

「バカにされるくらいなら、応募しなければいいのに」

「バカだね、曾根崎君は。私だって応募したくないさ。だが『マグニフィスント』は腐っても鯛《たい》、インパクト・ファクターがつく英語雑誌だ。ボンクラの文科省の役人をだまくらかすならそれで充分なんだ。だが私にとっては、苦渋の選択なのだよ」

藤田教授はぼくの顔を見つめて、もう一度言い直す。

「君は大切な言葉をメモするクセがあるらしいから、『名前が立派なものほど、中身は空っぽ』という私の言葉を、ノートに書き留めておくといい。その言葉の意味がよくわかるはずだよ、ウルトラスーパー中学生医学研究者の曾根崎君なら、ね」

藤田教授は冷たい微笑を浮かべた。ぼくは気分が悪くなった。こんな言葉は絶対に書き留めたくない。藤田教授は独り言のように呟《つぶや》いた。

「とりあえずメディアも結果を待ちわびている。本来なら応募するのも汚らわしいクズ雑誌だが、贅沢《ぜいたく》は言っていられない。それに『マグニフィスント』のレベルなら、追試がどうこう、小うるさいことは言われないだろう」

打ちひしがれたぼくは、とぼとぼと地下室へ戻る。エレベーターの一瞬の闇が、ジグソーパズルの最後のかけらみたいに心にぴったりはまり込み、外れなくなった。ツンドラのブリザードみたいな藤田教授の言葉に、心は凍えきっていた。

ぼくは桃倉さんの、もごもごしながらもぼくのことを本当に心配してくれていることが一発でわかる、暖炉の火のように温かい言葉が欲しかった。

地下実験室には誰もいなかった。煌々《こうこう》と灯《とも》りが灯《あか》っているが、がらんとしていて、PCRの器械だけがウインウインとうなり声をあげていた。

桃倉さんがいなくてがっかりした。

その時、扉が開いてスーパー高校生医学生、ツメ襟姿の佐々木さんが部屋に入ってきた。佐々木さんはぼくをちらりと見て、PCRのモニタを確認する。それから突っ立ったままのぼくに言う。

「どうした？　マスコミ取材が延期になってがっかりしてるのか？」

ぼくは首を横に振る。それからぽつりと呟く。

「ぼくの論文、『マグニチュードスンスン』に応募するらしいんです」

「マグニチュードスンスン？」

佐々木さんが不思議そうな顔をする。それから驚いたような表情になる。

「まさか、『マグニフィスント』か？」

「そうそう、そういうヤツです。『マジカル・アイ』とかいうヤツ」

ぼくがうなずくと、佐々木さんは呆然《ぼうぜん》として言った。

「『ネイチャー』は、はしゃぎすぎだと思ったけど、いきなり『マグニフィスント』はないだろう。マスコミにいい顔をしたくて、藤田教授は焦ってるんだろうな。ところでその話は、まだモグラさんには話してないんだな？」

ぼくはこっくりする。

「じゃあとりあえずモグラさんに報告しろ。これはとても大切なことだぞ。モグラさんはお前の指導教官であると同時に共著者なんだから。そういう人には礼儀と道理を尽くさないと」

ぼくはもう一度、こっくりして尋ねる。

「桃倉さんは今どこにいるんですか？」

佐々木さんはぼくの顔を見つめて、しばらく考え込む。それから答える。

「お前が耐えられるかどうかわからないが、お前は今、そこに行くべきだろうな」

そう言って佐々木さんは呟く。

「倒れたらその時はその時、だ。俺がなんとかする」

なんだか、とんでもないところに連れていかれそうな予感に、震える。それでも、藤田教授の前で感じた不安感ほどではなかったけれど。

∞

スーパー高校生医学生の佐々木さんは、地下1階の廊下を反対の方向に向かい、扉の前で立ち止まる。頭の中で地図を整理すると、さっきの実験室が3階でいえばぼくたちの『総合解剖学教室』の真下で、佐々木さんが立ち止まった部屋は正方形の建物の対角線上、ぼくが迷いこんだ『神経うんたらかんたら解剖教室』の真下だ。

扉の前で佐々木さんは、振り返って念を押す。

「気分が悪くなったら、無理するなよ」

ぼくは唾《つば》を飲み込んでうなずくと、佐々木さんは扉を開けた。

部屋は明るく広々としていた。でも真っ先に感じたのは鼻をつく刺激臭だ。目からぽろぽろと涙がこぼれるような刺激臭なのに、どことなく甘ったるい。

やっと臭いに慣れたぼくは、部屋を見回す。

白衣姿の若い人が大勢いて、何人かずつ銀色の台の周りに集まっていた。そんな机が全部で30台くらいある。その周りを、腕組みをした先生がこつこつと歩いていた。

その中に桃倉さんや赤木さん、それに白髭《しらひげ》の草加教授の姿を見つけて、ほっとしたのも一瞬だった。台に載っているモノに気づいたぼくは動けなくなった。

銀色の台の上にあったのは茶色に干からびた死体、死体、そしてまた死体だった。

ふっと意識が遠ざかる。でも以前、眼球を見たときみたいに気を失わなかった。

とぎれそうになる意識をつなぎ止めたモノ、それは、桃倉さんがぼくに投げかけてきた視線だった。

桃倉さんはゆっくり歩み寄ってきた。

「曾根崎君、こんなところに来るなんて、どうしたんだい？」

気が遠くなりそうなのをこらえて、ぼくは照れ隠しの笑顔を浮かべた。

「桃倉さんは、ここで何をしているんですか？」

桃倉さんは声を潜めて言う。

「解剖実習だよ。医学生なら必ず誰でも行なう、大切な勉強だよ」

ぼくは改めて、広く明るい部屋を見回す。

よく見ると死体のお腹は開かれ、干からびた感じの内臓が散らばっている。

桃倉さんは心配顔で言う。

「大丈夫かい？　顔色が悪いけど」

桃倉さんはぼくを部屋から連れ出した。部屋から出ると、やっとぼくは息がつけた。

ぼくと佐々木さんを見て、桃倉さんは質問する。

「佐々木君まで一緒になってなんの用かな？」

ちらりと見ると、佐々木さんがうなずいたので、ぼくは話しはじめる。

「この間の論文、『ネイチャー』はダメだったみたいで」

「『ネイチャー・メディスン』だろ」と桃倉さんがすかさず訂正する。

「それでさっき藤田教授の部屋に行ったら、今度は『マグニチュードスンスン』に応募することにした、と言われたんです」

桃倉さんはきょとんとして、説明を求めて佐々木さんを見る。

「『マグニフィスント・メディカル・アイ』です」と佐々木さんが補足する。

「なんだって……バカな」と桃倉さんの顔が蒼白《そうはく》になる。

すると背後で笑い声が聞こえた。

振り返ると、『神経うんたらかんたら解剖教室』の出世頭、赤木さんが大笑いしていた。赤木さんは桃倉さんの肩をぽしぽし叩《たた》いた。

「盗み聞きするつもりはなかったんだが聞こえてしまってね。君んとこの浮かれ教授が『ネイチャー・メディスン』に投稿したとあちこちで吹聴しているのを聞いて、アクセプトされるまではお控えになったらいかがでしょう、とご忠告しようと思っていたんだが、間に合わなかったな。それにしても藤田教授は思い切りのよさは天下一品だ。『ネイチャー・メディスン』から一気に『マグニフィスント』まで下げるとは、常人には真似ができない大胆な選択だ。藤田教授の頭の中はどういう構造になっているのか、神経制御解剖学教室の一員として一度拝見させていただきたいものだ。ところでそのペーパー、追試もせずに投稿したというウワサを聞いたけど本当かい」

機銃掃射のような赤木さんの言葉に、桃倉さんはうつむいてしまう。

「おい、図星かよ。桃倉も、抜き差しならないところまで行っちゃったな。坊やたち、気をつけないとこの先、まだまだえらい目にあうぞ」

気が強い佐々木さんまでうつむいてしまったので、赤木さんの指摘が的確だと理解できた。ぼくの中で不安の黒雲がものすごい勢いで増えはじめていた。

桃倉さんと佐々木さんとぼくは3人連れ立って実験室に戻る。PCRの器械は相変わらずウインウインと鳴っている。3人ばらばらに椅子に座る。桃倉さんはポケットに入れた試験管を指でこすっている。やがて、佐々木さんが口火を切った。

「『マグニフィスント』まで落とせば、論文は通ってしまうかもしれませんね」

「ああ、参ったな。もともと『ネイチャー・メディスン』は無理だと思っていたから、逆に安心していたんだけど」

ぼくはおずおずと口をはさむ。

「あまりいい雑誌じゃないというのは藤田教授の話からわかりましたけど、それでも教授はインパクト・ファクターがつくだけマシだと言ってました」

「そのとおり。でも、だから困るんだよ」と桃倉さんは肩をすくめる。

「どうしてですか？　論文が雑誌に載るのはすごいことなんでしょ？」

「曾根崎君、君の出した結果は追試ではまだ確認が取れてないんだ。あれから3回、追試をしたけど、あのシーケンスはどうしても再検出できなかった」

佐々木さんがぼくの疑問を読みとったように説明する。

「桃倉さんは、お前の結果がテクニカル・エラーだったかも、と心配しているんだ」

エラー？　それって、どういうこと？

白い床がぐにゃりと歪《ゆが》んだ。しばらくして、ぼくは口を開く。

「ぼくは言われたとおり、実験しただけです。あの実験は、桃倉さんとふたりでやったじゃないですか」

「うん。一緒にやった。だからぼくも同罪だ」

「同罪って、ぼくは別に悪いことなんかしてません」

「ああ、君は悪くない。悪いのは追試の結果も待たないで投稿した藤田教授さ」

桃倉さんが珍しく断言した。その時、扉の外から重々しい声が聞こえた。

「ほうほう。指導に従わず、自分の技術が未熟で結果を出せないことを教授のせいにするなんて、いつからお前はそんなに偉くなったのかね」

桃倉さんの顔が真っ青になった。扉が開いて、藤田教授が顔を見せた。

「桃倉クンの考えはわかった。ところでお尋ねするが、一度検出できたシーケンスが確認できない場合、どういう可能性が考えられるかね」

桃倉さんはうつむいて、ぼそりと言う。

「フォールス・ポジティブの可能性を除外する必要があります」

「ほうほう。ではお尋ねするがそれがフォールス・ポジティブだったとして、その結果を出した実験責任者は誰かね」

「私です」と桃倉さんはぽつんと答える。

「ほうほう。つまり桃倉君は、自分が指導した実験結果がエラーだというのかね。エラーだとしたら、なぜそんなことが起こったのかな」

「追試で確認できない以上、コンタミだった可能性を考えます」

「ふうん、そうかね。ところで、追試は何回行なったのかね」

「3回です」

「たったの3回、ねえ」と藤田教授は桃倉さんをねっとりとした視線で見つめた。

と、藤田教授は突然大声で怒鳴りはじめる。

「3回で結果が出なければ4回、5回とやればいい。とにかく追試を続けるんだ。ソネザキバンドという画期的なあのシーケンスがもう一度出るまでは何度でも」

「お言葉ですが、あの検体量ではPCRは、あと2回しかできません」

藤田教授は苦々しげな表情になる。

「ならばその2回で結果を出すんだな。もし桃倉くんが結果を出せないのなら、素晴らしい結果を出したウルトラスーパー中学生医学研究者に直接頼めばいい」

藤田教授はぼくに視線を振りむける。

「曾根崎君、そもそもこれは君の論文なんだから、君が追試をやるべきだよ」

その時ぼくは、大好きな生き物番組「ヤバいぜ、ダーウィン」、通称「ヤバダー」で見たことがある光景を思い出していた。

藤田教授の仕草は、コブラが見つけた敵を威嚇する時の様子に似ていた。

桃倉さんがぼくをかばうように身体を乗り出す。

「藤田教授、私がやります。そして結果を出します。あと2回のうちに必ず」

藤田教授は満足気な表情でうなずく。

「頼んだよ。だが追試を焦る必要はない。どうせ投稿したのは『マグニフィスント』だ。万一、追試の結果が確認できなくてもつつかれることはあるまい。なにしろあの雑誌のインパクト・ファクターは、たったの0・5しかないからな」

藤田教授は部屋を出ていきながら、明るい声で言い放つ。

「残り2回分か。桃倉クン、君にその検体を使いきる度胸があるかな。あと2回失敗したら、どうなるかわかっているね。私なら、どうするかなあ」

閉じた扉の向こう側から、濁った藤田教授の声が響いてくる。

「まあ、私なら追試をやったことにして上司に『同じ結果が出た』と報告するかな。一度出たシーケンスなら二度目も出るに決まっているからね」

藤田教授の言葉を聞いて、佐々木さんの右眼が冷たく光った。

部屋に残された桃倉さんと佐々木さん、そしてぼくは、黙り込んだ。

三者三様に黙り込んだ中、藤田教授の高笑いだけが遠ざかっていった。

8章

7月19日（火）

「悪意と無能は区別がつかないし、つける必要もない」と、パパは言った。

6月。

ゴールデンウィークが終わり、夏休み直前の「海の日」まで祝日がない、砂漠のような1学期のど真ん中でぼくは、オアシスを探してうろついているイグアナみたいな気分だった。

実験をやめた桃倉さんは忙しそうだった。

それは解剖実習の指導のせいだ、とぼくは好意的に解釈した。

確かに解剖実習は手間がかかる大仕事のようだ。実験が滞っていたのでやることがなくなったぼくは、解剖実習を覗《のぞ》き見した。ぼくの立場を知っている教官の先生たちは、ぼくが解剖室をうろつくのを黙認してくれた。

ぼくはだんだん死体に慣れた。冷静に観察すると、ここで行なわれているのは死体の分解だった。見学するたびに台の上の死体はゆっくりとバラバラにされていった。

医学は人の身体についての学問だから、部品の分解とか身体の設計図を覚える必要があるんだろう。そう思って見ていると、とても丁寧に分解している机もあれば、中学生のぼくが見てもずぼらに見える机もある。医学生でも美智子のように優秀な学生ばかりでなく、ぼくやヘラ沼みたいなヤツもいるんだとわかり、ほっとしたような、ちょっと不安になるような気分だった。そして、いつかこのことを三田村に教えてやろう、と思った。残念ながら三田村と仲違《なかたが》いをしているぼくには、その日がいつになるのか、わからなかったのだけれど。

桃倉さんは医学生の人たちにとても丁寧に教えていた。赤木さんがいい加減で、質問を無視したりするのとは対照的だった。

赤木さんはぼくを見ると、やたらとちょっかいを出すようになった。

皮肉な笑顔を浮かべて赤木さんは言う。

「ソネイチャンはウルトラスーパーメディアミックス中学生医学研究大先生と呼ばれているんだって？」

「ソネイチャン」とは、「ネイチャー」と「ソネザキちゃん」を掛け合わせた合成語で、赤木さんのお気に入りアイテムだ。

ぼくは赤木さんが苦手で、からかわれると何も言い返せずうつむいてしまう。

でもそんな時は桃倉さんが助けてくれた。

「赤木、中学生をイジメるな」

赤木さんは気が強くて威勢がいいのに、おとなしい桃倉さんが何か言うと、不思議と引っ込んでしまうのだった。

∞

7月。蝉が鳴き始め、あと少しで夏休みというワクワクする気持ちが強くなる中、その日も赤木さんにからかわれ、桃倉さんが助けに来てくれたところだった。

でもその日はいつもとちょっと展開が違った。

扉が開くと、ハンカチで口を押さえた宇月さんが解剖実習室に入ってきたのだ。

「曾根崎君、藤田教授がお呼びよ」

そしてにっこり笑ってつけ足した。

「曾根崎君の論文の雑誌掲載が決まったそうよ」

聞き耳を立てていた赤木さんが、拍手をしながら言う。

「コングラッチュレーション。ようこそ、医学という、ドロドロの底なし沼の世界へ。これでソネイチャンも晴れて俺のライバルだな」

赤木さんの言葉を聞くと、宇月さんはなぜか頬を赤らめ、そそくさと部屋を出ていく。ぼくは慌ててその背を追う。

ぼくは重い気持ちで、一瞬のエレベーターの闇に身を委《ゆだ》ねた。宇月さんのほうから、ほんのり甘い香りがしてきて、むせかえりそうになる。

闇の中、宇月さんが微《かす》かに笑った、ような気がした。

教授室の扉を開けると、満面の笑みの藤田教授が、両手を広げて立っていた。

「おめでとう、曾根崎君。君も正真正銘ウルトラスーパー中学生医学生になれたね」

その言葉が終わらないうちにフラッシュが焚《た》かれた。視界が真っ白になる。見回すと狭い教授室の中にテレビカメラ、腕章をつけたカメラマンやテレビクルーの人たちがわさわさあふれていた。聞き覚えのある甘い声が聞こえてきた。

「久しぶりね、曾根崎君。その節はお世話になりましたあ」

きゃぴきゃぴ女子大生みたいな声はサクラテレビのレポーターのおねえさん。隣にグラサンおじさんの姿を見たぼくはいっぺんにあがってしまう。

その周りに大勢の記者さんたちがいる中、藤田教授の椅子に座らされ、フラッシュがばしゃばしゃ盛大に焚かれる。

ぼくはおねえさんに指示されるまま、腕を組んだり立ち上がったりした。Vサインだの腕組みだの、ふだんなら絶対しないようなポーズもさせられた。派手なポーズに思わず照れてしまう。やがて藤田教授が1枚の紙を差し出した。

ぼくが受け取ると再びフラッシュが光る。

「曾根崎君、アクセプトされた論文をこっちに向けて」

言われて初めて、手にしたのが論文だと気がついた。

改めて表紙を見た。英語のタイトル、そして著者名が書かれている。

この前は大勢名前があったのに、今度の論文にはぼくと桃倉さん、そして藤田教授の3人の名前しかなくて、少し淋《さび》しい気分になった。

不意打ちにすっかりうろたえてしまったぼくだったけど、二度目なのですぐ冷静に戻れた。今度は質問も理解できたし、自分でもすらすら答えられた。

「曾根崎君は日本初のスーパー中学生医学生として医学部で研究されてきたわけですが、半年もたたずに英語論文を書いてしまうなんて、すごいですね。どんなふうに毎日の研究をしてるか、そのコツを是非教えて下さい」

ぼくは唾《つば》を飲み込んで言う。

「ぼくひとりで結果を出せたのではありません。桃倉さんや藤田教授に教わって実験しただけです」

「桃倉さんって誰ですかあ?」

レポーターのおねえさんが無邪気に尋ねると、藤田教授がすかさずフォローする。

「私の部下で彼の指導教官です」

「こんなふうに成果を出しても指導教官を立てるなんて謙虚ですね。曾根崎君は天才だと藤田教授は褒めていましたよ。ね、藤田教授?」

藤田教授はにこやかにうなずく。

「いかにも彼は天才です。彼の指導教官は3年も実験をしているのに、未《いま》だ一本も論文を書けないでいます。一方の曾根崎君はわずか半年で10年目の医者を抜いてしまったのです。これを天才と呼ばずしてなんと呼べばいいのでしょう」

ぼくは藤田教授の言葉に凍りつく。ぼくが桃倉さんを抜いた？　そんなバカな。

口を開こうとしたぼくを、怒濤《どとう》の質問が押し流す。

「天才中学生医学生はふだん何して遊びますか」「お友達はなんと言っていますか」「天才医学者には中学校の勉強は退屈？」「このままお医者さんになるんですか？」「どういうお医者さんになりたいですか？」「好きな食べ物は？」「タレントは誰のファン？」「ガールフレンドはいるんですかあ？」「どこに住んでるの？」「朝は何時に起きていますか？」「なぜ薫という名前になったの？」

疑問符の洪水に呆然《ぼうぜん》とする。その時、異質な響きの低い声が聞こえた。

「この成果を将来、医療にどのように生かしたいですか」

声の方向を見ると、右腕に緑色の腕章をした、白ワイシャツの男の人がいた。

ぼくは口を開きかけたが、藤田教授がぼくを制して答える。

「この結果がレティノブラストーマの治療に素晴らしい進歩をもたらすことは間違いないでしょう」

男の人は、手にした鉛筆で髪をぼりぼり掻《か》きながら言う。

「教授じゃなくて、曾根崎君ご本人に聞いたんだけどなあ」

藤田教授は白ワイシャツの男の人の言葉を無視した。その質問をきっかけに合同記者会見は打ち切られた。

「曾根崎君には最先端の研究に勤《いそ》しんでもらわないと日本医学界の大損失です。聞きたいこともおありでしょうが、会見はこのへんで終わらせていただきます」

カメラや取材の人がぞろぞろ部屋を出ていくのを見てほっとした。その時ぼくは、一番の気がかりだった、追試の結果が出ていないということを言おうとしていた。振り返ればあれが最後のチャンスだった。でもぼくは、その機会をむざむざ逃してしまった。

ぼくはずっと、藤田教授に発言を封じられたせいだと思っていた。でも思い出してみるとわかる。あの時ぼくは藤田教授に抑えられてはいなかった。

ぼくは自分で論文の欠陥を〝言わない〟という選択をしたのだ。

ぼくは藤田教授とサングラスのおじさんのひそひそ話に聞き耳をたてた。

「ですから今回は夕方の……」

「……サンセットかね。それはすごいな」

「少しご恩返しをしておかないと、お見限りされそうですから」

最後の言葉ははっきりと聞こえた。サングラスのおじさんはぼくをちらりと見て、右手を差し出す。

「曾根崎君、取材協力ありがとう。夕方5時半からの『スーパーサンセット』の桜宮版で放映するから、見てね」

その手を握り返しながら、心臓がばくばくしはじめる。

「スーパーサンセット」の桜宮版に出るなんて知ったらクラス中大騒ぎだろう。今日は桜宮中には戻らないから、みんなに見てねとは言えない。ほっとして、同時にちょっぴり残念に思った。せめて美智子には電話しようか。

その時、頭の中に三田村の姿が浮かんだが、ぼくは気づかないふりをした。

家に帰って顚末《てんまつ》を報告すると、山咲さんはいそいそとDVDをセットし始める。

「カオルちゃんの晴れ姿をきちんと録画しておかなくちゃ」

「やめてくれよ」

「いくらカオルちゃんのお願いでも、これだけは聞くわけには参りません」

ぼくはため息をついて玄関に行き、廊下の電話のダイヤルを回す。

「はい、進藤です」と美智子の声がした。

一発で当たりとはラッキーかも。ぼくはぼそぼそと言う。

「あのさ、応募した論文が雑誌に載って今日の昼、テレビ取材されたんだ。でもって、夕方の『スーパーサンセット』で放送されるらしい」

受話器の向こう側で息を呑《の》む気配がした。次の瞬間、弾《はじ》けるような美智子の声が耳いっぱいに広がった。

「論文が採用されたの？　すごいじゃない。おまけにテレビにも出るの？　しかも『スーパーサンセット』？　すごいすごい」

美智子の手放しの賞賛がこそばゆい。でもそれは一瞬だった。

美智子の次のひと言がぼくを奈落《ならく》の底に突き落とす。

「もちろん、三田村君にも知らせたわよね？」

受話器を握りしめたぼくは、返事ができなかった。

「カオル、どうしたの？　聞いてる？」と受話器の向こうから心配そうな声がする。

ぼくは我に返って答える。「ああ、聞いてる。まだ伝えてないよ」

「何やってんのよ。三田村君に報告するのが一番先でしょ。すぐ電話しなよ。きっと喜ぶよ。そうだ、録画しなくちゃ。ごめん、切るね。ママ、今からDVD使うよ」

ぶつりと電話が切れた。ツーツーという音が虚《むな》しく響く中、ぼくの胸にはどんよりと暗雲が垂れ込め始めていた。

結局、三田村には電話をしなかった。正確には最後の数字を押せなかった。990-1483（救急のお医者さん）という、三田村自慢の電話番号の語呂《ごろ》合わせだけど、最後の3がどうしても押せなかった。

八つ当たりするようにぼくは呟《つぶや》く。

「三田村のパパは内科で救急はやってないんだから、この番号は無理があるって」

語呂合わせで番号を暗記しているのに、ぼくは言い訳をして受話器を置いた。

山咲さんがぼくを呼ぶ声がする。放送時間になったらしい。

居間に戻るとすでにテレビは点《つ》いていて、音もふだんの2倍くらい大きい。

クッションを抱きしめた山咲さんはソファに座って、画面に見入っていた。

軽快なオープニングテーマが流れ、アナウンサーがにこやかに登場する。

「お待ちかね、大人気コーナー『桜宮のスーパースター列伝』の時間です」

ぼくは椅子から転げ落ちそうになった。ス、スーパースターだって？

聞き覚えのあるメロディは「ハイパーマン・バッカス」のテーマ曲だ。

一瞬、この前、バスで出会った眼帯をした男の子、カイを思い出す。

「今日のレポーターはリリちゃんです。さて、リリちゃん、今日のヒーローはどんな方ですか？」

画面の中で、あのおねえさんがにこやかに笑っていた。

「はぁい、リリでぇす。今日は日本でも初めて、ウルトラスーパー中学生医学生の曾根崎薫君が達成した快挙をご紹介しますぅ」

とても見ていられない。頭の中に藤田教授の薄笑いがぽん、と浮かぶ。

「以前、カッコいいインタビューに応じてくれた、あの曾根崎君ですね」

ちょっと待った。前は昼のニュースでちらりと流れただけだろ？

嫌な予感がしたけど、おかまいなしに画面の中では番組が勝手に進んでいく。

「その曾根崎君が、今度はどんな活躍をしたんですか？」

「それが、すごいんですよぉ。なんと曾根崎君は、まだ中学生なのに、ノーベル医学賞の第一歩になる、素晴らしい論文を書き上げてしまったんですぅ」

その瞬間ベートーベンの交響曲第五番「運命」が流れた。

大音響とともにぼくの英語論文が大写しにされ、ナレーションが入る。

「曾根崎薫、14歳。彼は全国統一潜在能力テストで日本一の成績を取り、文部科学省の特待生として東城大学医学部総合解剖学教室と桜宮中学校のダブル・スチューデントをこなす、ウルトラスーパー中学生医学研究者である」

ぼくの横顔のカット。顎《あご》を指で支えるポーズは哲学者気取りだ。

いつの間にこんな写真を撮られていたんだろう……。

「彼の偉業、それは一流医学専門雑誌『マグニフィスント・メディカル・アイ』に投稿した論文がわずか1ヵ月という異例のスピードで掲載されたということである」

一流雑誌？　異例のスピード？　全然違う。「マグニチュードスンスン」は人気がないから応募数が少なくて、応募すればすぐ掲載されるだけだ。

にこやかな笑顔の藤田教授が、画面に登場した。

「曾根崎君の潜在能力には驚かされるばかりです。彼は、ふつうの医者なら半年かかるぶ厚い専門書50冊をたった一晩で読んでしまいました。恐るべき頭脳です」

——ちょっと待ってよ、セニョール。それって2倍に誇張してませんか？

焦りまくるぼくの隣で、ほわほわした笑顔で山咲さんは画面を見ている。

藤田教授は1冊の本を取り上げた。

「そんな天才の曾根崎君も、中学生らしいところがありまして、専門的な医学書と一緒に、こんな雑誌も欠かさず読んでいるんです」

藤田教授が手にしたのは、教授がゴミ箱送りにする月刊コミック「ドンドコ」だ。

教授はご存じないでしょうけど、それは小学生低学年向けのマンガなんです。

それを愛読書と暴露して全国放送で垂れ流すなんてあんまりだ……。

ぼくは我に返る。心配するな、カオル。これは桜宮市限定放送だ。

少しほっとしたけど、状況はちっとも好転していない。だって中学生のぼくにとっては桜宮ローカルはほぼイコール全世界だから、全国ネットと大して変わらない。

ああ、これまで隠し通してきた秘密がモロバレではないか。

ぐすん。

でもそれは序の口だった。

次のインタビューを見てざあっと血の気が引いた。

画面では甘ったれ声のリリねえさんとの一問一答が始まった。

「曾根崎君、論文掲載おめでとうございます。こんなふうに早く雑誌に採用されると思っていましたかあ？」

「ええ」

確信に満ちた表情でうなずくぼく。ぼくは今度こそ本当に椅子から転げ落ちる。

「レティノに関して相当勉強されて、完璧《かんぺき》に理解されたそうですけどお、これからもたくさん論文を書けそうですかあ」

「もちろんです」

スタジオのアナウンサーのおねえさんが、きゃぴきゃぴリリねえさんに言う。

「すごい自信。さすが『ハイパーウルトラ中学生医学生』ですねえ」

「いいえ、『ウルトラスーパー中学生医学大研究者』なんですぅ」

きゃぴきゃぴリリねえさんが、アナウンサーの女性に向かって訂正する。

隣でテレビを見ていた山咲さんが半分尊敬、半分疑惑の視線でぼくを見た。

神かけて誓うけど、ぼくはこんな質問は受けていない。百歩譲って、たとえ受けたとしても、こんな自信のある答えなんて、できるはずがない。

一体これは、どういうことなんだろう。ぼくは呆然《ぼうぜん》とテレビを見つづけた。

華々しい「ハイパーマン・バッカス」のテーマ曲とともに、桜宮スーパースター列伝のコーナーは終わった。呆然としたぼくは我に返り、山咲さんに尋ねる。

「そういえば、以前ぼくが出演したニュースを録画したって言ってたよね？」

山咲さんはにっこり笑う。

「もちろん撮ってあるわ。あれを見ればあたしが正しかったということがわかるわよ。あの時、ちゃんとしたお洋服を着なさいって言ったんだから」

山咲さんの言葉を聞き流し、急いで以前のDVDをセレクトした。

映像が流れる。昼のニュースだ。そこでリリねえさんが、ニュースのトピック・コーナーで、舌足らずの声でぼくを紹介していた。

ナレーションにインタビュー・ショットが挿入される。

「さて、曾根崎君はこれから、スーパー中学生医学生として医学研究をやっていくわけなんですけどぉ、自信はあるんですかあ」

「もちろんです」

「医学研究について、何か言いたいことはありますかぁ？」

「ぼくがナンバーワンです」

ぼくは最後の自分の台詞《せりふ》を聞いて、その時の質問をはっきり思い出す。

あの時、きゃぴきゃぴおねえさんはこう尋ねたのだ。

「曾根崎君は、歴史に詳しいという話だけど、クラスの中では誰が一番歴史の成績がいいんですか」

ぼくは当然、歴史には自信があったから、それはぼくです、と胸を張った。

あれは雑談だと思っていた。

まさか、こんな使われ方をしていたなんて……。

ぼくはインタビューの翌日、ヘラ沼が絡んできた様子や、「お前、危なっかしいよ」と言い放った佐々木さんの言葉を思い出し、思わず身を縮めた。

自分で言ってもいないことを、言ったことにされてしまうなんて。

それにしても、全然大した雑誌じゃない「マグニチュードスンスン」が、すごく立派に見えたことが、今回のインタビューではとても心配になった。

でも、ぼくはたったひとりの誤解を恐れていた。

——医学オタクで医学部命の三田村がこの特集を見ていたら、医学雑誌にぼくひとりだけが抜けがけで名前を載せたと誤解してしまうかも……。

大丈夫。ぼくは自分に言いきかせる。

三田村はこの時間、塾に行っているはずだ。


翌朝。ぼくは久しぶりに、桜宮中学2年B組の教室に入った。

急に部屋がしんと静まり返った。

お調子者のヘラ沼が、ととと、とぼくの側にやってきた。

「カオルちゃんみたいな大天才は、中学校に通う必要はないんじゃないのか」

「うるせえよ」

ぼくはヘラ沼の、いつもと変わらない調子の軽口にほっとしながら、ちらりと三田村を見た。

三田村は、部屋の隅っこの机にちんまりと座り、じっと教科書を見ていた。

ぼくは三田村の机のところに歩み寄る。

「なあ、三田村、実はさ……」

顔を上げてぼくを見た三田村の眼は、冷たい光を帯びていた。

「桜宮のスーパースターの曾根崎先生が、私のような者に何か御用ですか」

ぼくは、凍りついたように動けなくなった。

顔を上げると、美智子が両手を合わせて頭を下げていた。

美智子に引っぱり出され、教室の外に出る。

「なんだよ」

「カオル、ごめん。実はわたし、三田村クンに電話しちゃったの」

えええ。

ぼくは呆然とした。

そりゃあ三田村が冷たくなって当然だ。

——お節介女め、余計なことをしやがって。ぼくが掛けないのに、なんでお前が掛けちゃうんだよ。もう最悪。おかげで余計ぐちゃぐちゃになっちゃったじゃないか。

うつむく美智子を罵《のの》りたくなった。

でもぼくは大きく深呼吸をした。

「仕方ないよ、美智子。ぼくが悪いんだから」

心の底からそう思い直した。

美智子がやったことは確かに余計なことだったけど、本来なら、ぼく自身がすべきことだった。ぼくがきちんとしていたら、こんなことにはならなかっただろう。

ぼくは、昔パパからもらったメールの一節を思い出した。

——悪意と無能は区別がつかないし、つける必要もない。

それはたぶん真実なんだろうけど、その時のぼくは三田村に、ぼくのことを無能だと思ってもらいたかった。

急にあたりが暗くなった。

廊下の窓から外を見ると、空に重い黒雲が立ちこめていた。

雷光が一瞬、暗闇を切り裂いて光った。

∞

それから1週間して学校は夏休みになった。幽霊部員だった将棋部を辞めたぼくは東城大学医学部に入り浸った。

東城大学でも、桃倉さんや佐々木さんとの関係はいいとは言えなかった。

でもふたりとも三田村よりは大人だから、面と向かって居心地が悪い思いをさせられることはなかった。

桃倉さんは「追試」のことを口にしなくなった。藤田教授も知らん顔だ。

このまま行けば、ぼくの論文は雑誌の山に埋もれ、何事も起こらないはずだった。

そう、そのはずだったのに……。

そんな平穏なある日、唐突に夏の嵐がぼくに襲いかかってきたのだった。

9章

8月17日（水）

「一度できた流れは、
簡単には変わらない」と、
パパは言った。

夏休みも佳境に入った8月のある朝、総合解剖学教室に到着早々、宇月さんが低い声で「曾根崎君、藤田教授がお呼びよ」と告げた。

宇月さんの顔は、青ざめていた。ぼくは教授室に向かう。

扉を開けると腕組みをした藤田教授の向かいのソファに桃倉さんが腰掛けていた。ぼくを見るとふたりは対照的な表情になった。藤田教授は、顔を見るのも忌々しいという顔をし、桃倉さんは、顔を見るのも気の毒だという顔をした。

何かよくないことが起こったんだ、と直感した。鳩尾《みぞおち》がキュウ、と締め付けられる。

でも最近は実験はきちんとやっているし、実験中に「ドンドコ」も読まなくなったし、桃倉さんと「ハイパーマン・バッカス・リターンズ2」の話もしなくなったので、ぼくには藤田教授が不機嫌になる理由がわからなかった。

藤田教授はオレンジ色の薄い雑誌を差し出した。表紙に、にこやかに笑う外人さんの写真と「nature」というローマ字のタイトルが書かれていた。

「なんですか、『ナ・ツ・レ』って?」

場の重苦しい雰囲気に耐えかねてうっかり口を滑らせる。

藤田教授の表情が、真冬のツンドラのように寒々としたものになった。

藤田教授はぼくには何も言わず、桃倉さんを振り返って言う。

「さあ、どうしようか。『ネイチャー』という単語すらローマ字読みしてしまうような劣等生が、こんな流暢《りゅうちょう》な英語論文を書き上げただなんてあり得ないからな」

おお、こいつがウワサの「ネイチャー」か。ローマ字読みしたことでぼくの英語力のなさがもろバレした。それにしてもなんという薄さ。駅で配るフリーペーパー並みだ。三田村があれほど憧《あこが》れ、いつも他人を見下す藤田教授が何とか掲載したくて悪戦苦闘していた相手が、こんなに薄っぺらい雑誌だったなんてビックリだ。

桃倉さんはうつむく。

「やはり藤田教授がファースト・オーサーになるべきだったのでは……」

藤田教授は「ネイチャー」の表紙を手のひらでぱん、と叩《たた》き、押し殺した声で言う。

「今さら仕方がないだろう。私がこの程度の論文を書いたところでインパクトはないし、そもそも『文部科学省特別科学研究費B・戦略的将来構想プロジェクト』の成果でなければ一文の価値もないから曾根崎君が書いたことにするしかなかったんだ」

「でも、マサチューセッツ医科大学のオアフ教授が同様な解析で正反対の結果を出し、『ネイチャー』に掲載されてしまった今となっては……」

桃倉さんの言葉に、藤田教授は首を横に振る。

「だから言っただろう。うかうかしていたらオアフのヤツがまくってくるぞ、とな」

「でも、オアフ教授が正反対の結果を出したということは、そもそも我々の結果は間違っていたという可能性が……」

「も・も・く・ら・クン」と藤田教授は強いアクセントで言う。

「何を他人《ひと》ごとみたいなことを言っているんだね。この論文の筆頭共著者《コ・オーサー》は君だろう。つまりこの結果を論文として出した責任者は桃倉君、君なのだよ」

「そんなバカな」

「何が、バカ、なのかね。ひょっとしてバカ、とは私のことを指しているのかね」

桃倉さんは唇を固く噛《か》みしめ、うつむいてしまう。

「あのう、何か問題でも?」とぼくはおそるおそる尋ねた。

「Please tell me how you found your special band sequence, Dr. Sonezaki.」

藤田教授が流暢な英語でいきなり質問した。最初のプリーズと最後のドクター・ソネザキ、というところは聞き取れたけれども、あとはちんぷんかんぷんだ。

きょとんとしたぼくを見て、藤田教授はうすら笑いを浮かべる。

「はてさて、どうしたものか。こんな調子では、あの舌鋒《ぜっぽう》鋭いオアフと英語で討論するなんてとても不可能だよな、桃倉君よ」

「当たり前です。曾根崎君は素人の中学生なんですから」

「では、どうするつもりなのかね」と藤田教授の眼が光る。

うつむいていた桃倉さんは、やがて顔を上げて、まっすぐ藤田教授を見た。

「私が同席して対応します」

藤田教授は口元に満足そうな微笑みを浮かべた。

「まあ、それしかないだろう。この一件の対応は桃倉君に一任する。君は責任者だからな。ただし追試で結果は確認済みだということを強調しなさい。もうひとつ。私は明後日《あさって》は急な出張が入ったので会見には同席できない。あとはよろしく頼んだよ」

桃倉さんは驚いて尋ねる。

「え？　出張されるのですか？　どちらに？」

「一介の医局員が教授のスケジュールを全て把握する必要はないのだよ、桃倉君」

教授室をあとにして、桃倉さんとぼくは地下室に向かう。エレベーターの一瞬の闇が晴れると、ぼくは尋ねる。

「さっきの話はどういうことなんですか？」

桃倉さんは、手にしたオレンジ色の雑誌の表紙の写真を指さした。

「この人は藤田教授のライバル、マサチューセッツ医科大学のオアフ教授だ」

「『ネイチャー』の表紙に載るって、ひょっとしてすごい偉い先生ですか？」

「ああ。レティノブラストーマの研究では世界の第一人者だよ」

ぼくは写真をまじまじと見た。面長な顔に深い皺《しわ》が刻まれていた。一所懸命研究した風格が皺になったみたいに感じられた。

藤田教授の、シワひとつない、つるんとした顔を思い出す。

「で、そのマサチューセッツ医科大学の偉い教授がどうしたんですか？」

エレベーターから降りて質問を続ける。左右に解剖バケツの詰まった部屋が並んだ、長く薄暗い廊下をたどりながら、桃倉さんはぽつりぽつりと話しはじめる。

「明日《あした》、東京での国際シンポジウムに、オアフ教授が特別講演に招かれている。先週号の『ネイチャー』に論文発表したんだけど、画期的な結果でね。ところがちょっとの差でぼくたちの論文の方が発表が早かった。ただしオアフ・グループの結果とは正反対だ。その話をシンポジウムの主催者の帝華大学のスタッフから聞かされたオアフ教授が、ぼくたちの論文に興味を示したんだそうだ」

足元がぐらぐら揺れる。ぼくたちと正反対の結果って、つまりぼくたちの実験結果はアヤしいということ？ でも論文の世界では早いもの勝ち？ ということはぼくたちは天下のオアフ教授に勝ってしまったわけ？

桃倉さんは、淡々と続けた。

「でね、天才中学生と是非ディスカッションしたいということで急遽《きゅうきょ》、シンポジウムが終了した翌日、桜宮に立ち寄ることになったんだ。つまり、明後日の午後だ」

ええぇ！　ちょっと待ってよ、セニョール。ぼくに英語で話せっていうのかい？

しかも世界的な大研究者の教授先生と？

そんなの無茶苦茶チャチャチャのチャだぜ。桃倉さんは続ける。

「もちろん君が英語を喋《しゃべ》れないことは重々承知してるけど、サクラテレビが嗅《か》ぎつけて対談を放映したいと言ってきた。それを藤田教授が受けてしまったんだ」

受けた？　ぼくは、呆然《ぼうぜん》とした。

こうなったら三十六計逃げるに如《し》かず。ぼくは反射的に思いつきを口にする。

「明後日ですか。残念だなあ。ぼくは登校日でした」

「登校日は明日だろ。藤田教授がさっき中学校に電話で確認して日程調整してたから、曾根崎君に逃げ道はないよ」

そんなあ……。桃倉さんは続けた。

「仕方ないから、ぼくと佐々木君が通訳とサポート役で同席することにした。曾根崎君は英語は書けるけど、あまり話せないということにしてある。だからオアフ教授の言葉を訳すフリをしながら、ぼくと佐々木君で対応するよ」

情けないけど、ほっとした。ふとぼくは藤田教授の言葉を思い出す。

「藤田教授は同席してくれないんですか？」

桃倉さんは肩をすくめて、答える。

「さっきの話を聞いただろ？　藤田教授はお出かけだそうだ」

ぼくの胸に怒りの炎がめらめらと燃え上がる。おのれ裏切り者の光秀《みつひで》め。成敗してくれよう。でも所詮《しょせん》は、ごまめの歯ぎしり、たらこの舌打ちだ。

明後日は明後日の風が吹く。こうなったら桃倉さんと佐々木さんにすべてを任せ、明後日はその場にぼんやり座っていればいいや、と思った。

なぜかぼくは、英語絡みの難題だと妙に諦《あきら》めがいいようだ。

翌8月16日、火曜日。夏休みの真ん中の登校日。バスで美智子と一緒になった。

昨日の話を手短に説明すると、美智子は呆《あき》れ声で言う。

「ほんと、カオルってば、見事にドツボってくれるわね」

「そんなこと、言わないでくれよ。これでも落ち込んでいるんだから。あの番組のせいでクラスではつまはじき者だし」

「そんなふうに感じているのはカオルだけだよ。あの時はみんな、ちょっとやっかんだだけ。もうとっくに忘れているよ」

「でも、三田村が……」

「三田村君は特別。仕方ないでしょ。あんな扱いをされたら」

ぼくは肩を落とす。あのテレビ騒動以来、三田村とはひと言も口をきいていない。もっともあれから1週間で夏休みになってしまったせいもあるんだけど。でもぼくは今回の件で三田村に、いつかきちんと説明したい、と思っていた。ひょっとしたら今日は絶好のチャンスなのかも。

夏休みの真ん中の登校日は本当にムダだと思う。宿題だって終わっていないし、授業もない。どう考えてもほったらかしの校舎の掃除に来ているとしか思えない。

しかもぼくは、掃除が何よりも嫌いだった。

校庭の隅を竹ぼうきで掃きながら、視界の片隅に三田村の姿をちらちら捉《とら》えていた。

三田村はみんなから離れてひとりきりで、しゃがんで草むしりをしていた。美智子に目配せされたぼくは、三田村に背後から近づき、上から声をかける。

「やあ、三田村先生、お元気ですか」

我ながらどうしようもない台詞《せりふ》だけど、他にいい言葉が思いつかなかったのだから仕方がない。

三田村はちらりとぼくを見上げて、すぐに地面に視線を落とす。

オオバコを根こそぎむしり取ろうとして、葉っぱだけバラバラになってしまったのを見て、ぼくはもう一度声をかける。

「なあ、三田村、その茎で草相撲しようぜ」

三田村は立ち上がると、ぱんぱんとズボンの裾《すそ》を自分の手ではたきながら言う。

「『マグニフィスント・メディカル・アイ』をキンテイしてくれないんですか？」

「キンテイって、何？」

三田村はぼくの顔を見て、肩をすくめる。

「謹んで進呈します、という意味で謹呈。お世話になった人に論文の別刷りを渡すことです」

「別刷りって、ぼくの論文をホチキスでとめて表紙をつけた、薄っぺらい紙のことか。それならたくさんもらったから半分やるよ」

そんなことで気が晴れるならこっちも助かる。三田村は、小声で言う。

「そんなにいらないですよ。１冊だけで結構です」

「それは全然構わないけど、ということは三田村はぼくを許してくれるのか？」

「仕方ないでしょう。過ぎてしまったことはどうしようもないし」

「いよ、三田村君って日本一の男前ね」

いつの間にか側にいた美智子が声をかけると、三田村は照れたように笑顔になる。

ぼくはほっとした。どうやら三田村と仲直りできたようだ。ぼくは言う。

「実は明日、マサチューセッツ医科大学のオアフ教授と議論することになってるんだ。

三田村も一緒に来てくれないか？」

「ええ？　オアフ教授ですって？」

三田村の裏返った声に、周囲で草むしりをしていた同級生が顔を上げる。

「なになに、何があったのか、お姉さんに詳しく説明してごらん」

「お前には関係ないよ」とぼくが答えると、美智子は頰を膨らませる。

「あら、『チーム曾根崎』の一員に対して冷たいお言葉ね」

三田村は眼鏡をずり上げる。

「違います。『チーム三田村・曾根崎理論』です」

「そうだったわね。失礼しました」と美智子はにっこり笑う。

そこに2年B組の暴れん坊、ヘラ沼が寄ってきた。

「なんだなんだ、俺も混ぜてくれよ」

なんでヘラ沼が？　それにしてもコイツのハナの良さは大したもんだ。

ぼくは自分が置かれた状況をかいつまんで説明する。

「またテレビ取材か、すげーじゃん。やっぱり桜宮のスーパースターは違うな」

脳天気にヘラ沼が言う。ぼくは一瞬ヘコんだけれど、ヘラ沼を責められなかった。

だって細かい説明を省いて聞けばこの話、どこからどうみてもサクセス・ストーリーの真っ直中のシンデレラ・ボーイの物語にしか見えないんだもの。

「明日《あした》は幸い、オレ様もヒマだから、ついていってやるよ」

一体何が幸いなのか、さっぱりわからないけど、ヘラ沼は頼んでもいない付き添いを、勝手に申し出てくる。いや、ぼくはお前に頼んでなんていないから。

美智子がぱん、と手を打つ。

「じゃあ決まり。明日はみんなで曾根崎君の晴れ姿を拝みに行きましょう」

だから誰もそんなこと頼んでないんだってば。でも昔パパが言ったとおり、一度できてしまった流れは、そう簡単には変わらない。美智子が三田村に尋ねる。

「もちろん三田村君も一緒に来てくれるわよね」

「明日は塾の夏休み集中講座が……」と言う三田村に、美智子が追い打ちをかける。

「何言ってるの。ウルトラスーパー中学生医学生の曾根崎君と、世界の頭脳・オアフ教授の世紀の対決なのよ。これを見逃したら三田村君は一生後悔するわよ」

美智子は話しながら、その目が次第にきらきらと輝きはじめる。

「平沼君は知らなかっただろうけど、実はウルトラスーパー中学生医学生はカオルと三田村君の合体マシンなの。三田村君がいなければカオルなんてただのボンクラ、目玉おやじのいない鬼太郎《きたろう》、アムロが乗らないガンダムよ」

「どういう意味ですか？」「どういう意味だよ」という、ぼくと三田村の同じ台詞がぶつかる。でも疑問の中身は全然違う。アニメオタクのぼくは断固たる抗議をして、アニメ音痴の三田村は、本当に意味を知らずに尋ねたわけだ。

美智子はぼくをちろりと見て、三田村に向かって答える。

「目玉おやじのいない鬼太郎は落ちこぼれの幼稚園児だし、アムロが乗らないガンダムはただのクズ鉄よ」

美智子の言葉を聞いて三田村は俄然《がぜん》、自信に満ちあふれた表情になる。

眼鏡をずり上げる仕草まで、なにやら神々《こうごう》しい。

「確かに進藤さんのおっしゃるとおりです。曾根崎君だけではオアフ教授には対抗できません。仕方ありません。ここは私がひと肌脱ぐしかなさそうです」

美智子の言葉は癪《しゃく》に障ったものの、ぼくは嬉《うれ》しくなる。

三田村の肩をぽんぽんと叩《たた》きながら言う。

「そのとおり。お前がいなきゃ困る。三田村、明日は頼んだぜ」

「ところで、そのバトルはどこでやるんだ？」とヘラ沼が尋ねた。

「明日のお昼に東城大付属病院のてっぺん、スカイレストラン『満天』を貸し切ってやるそうだ」

「わかった。じゃあカオルちゃん、ランチはお前の奢《おご》りな」

どさくさに紛れてヘラ沼は、参加資格ばかりでなく、ちゃっかり報酬まで確保した。

まったく、油断も隙もありゃしない。

翌8月17日、水曜日、午前11時。ぼくたち4人組はバスから降りると、ぎらりとした真夏の陽射しに照らし出された、桜宮の高層ツインタワーの新しい方、真っ白い東城大学医学部付属病院本館、通称ホワイトサリーを見上げた。

塔の頂点にガラス張りの窓が見える。あそこが決戦場、スカイレストラン「満天」だ。ぼくたちはしばらくの間、白い巨塔を見上げていたが、やがて美智子が言った。

「それじゃあ、行きましょう」

ぼくたちはうなずき、玄関ホールに足を踏み入れた。

最上階までエレベーターで一気に昇った。灯《あか》りは一瞬消えるわ、スピードは亀のようにのろいわ、という赤煉瓦《あかれんが》棟のおんぼろエレベーターに慣れているぼくには、ガラス張りのエレベーターから見える外の景色は未来都市のように見えた。

あっという間にエレベーターはスカイレストラン「満天」に到着した。

扉が開き、ぼくたちはエレベーターを降りる。その途端、眩《まぶ》しいスポットライトに照らされて、思わず目をつむる。

「ごめんなさあい。テスト中なのお」

甘ったるいしゃべり方。サクラテレビのレポーターのリリねえさんだ。

「わ、大久保《おおくぼ》リリだ」とヘラ沼がすかさず言う。彼女のフルネームまでご存じとは、恐れ入った。でもぼくはもう、リリねえさんにふつうの気持ちでいることができなくなっていた。この人たちは平気でウソをつけるんだ、とわかってしまったからだ。

「満天」の店内では、背の高い外人さんと桃倉さんが話をしていた。「ネイチャー」の表紙に写っていたのと同じ顔、マサチューセッツ医科大のオアフ教授、だ。

背中をぽん、と叩かれた。振り向くとツメ襟姿のスーパー高校生医学生の佐々木さんが立っていた。ライトに反射した金のボタンがいつもより眩しい。

「桃倉さんがうまくやってくれるから心配するな。何かあったら俺もカバーする」

「よろしくお願いします」とぼくは素直に頭を下げる。

「今日は友達が一緒なんだね。三田村君はいるかな？」

「私が三田村です」と三田村はおずおずと手を挙げると、佐々木さんが言う。

「君のことは聞いているよ。今回の実験でいろいろ助言してくれたんだってね。曾根崎君は最後まで君の名前を論文に載せたくて頑張ったんだけど、教授が石頭でさ。でも君が手伝ってくれたことは教室のみんなは知っているから、それで勘弁な」

三田村はこくりとうなずく。それから嬉しそうな顔でぼくを振り向いた。

佐々木さん、ありがとう。

ぼくは嬉しくて、思わず大声で言いそうになった。

佐々木さんは振り返ると、オアフ教授と桃倉さんの方につかつかと歩いていった。

美智子がぼうっとした表情で言う。

「カッコいい人ねえ」

ぼくは90%は誇らしい気持ちで、残り10%はちょっとむしゃくしゃして答える。

「あれがぼくの大先輩、スーパー高校生医学生の佐々木アツシさんだよ」

オアフ教授と談笑していた桃倉さんが、ぼくに手招きした。ぼくは緊張した。

和やかな雰囲気の中、インタビューは始まった。オアフ教授、桃倉さん、ぼく、佐々木さんという順で並ぶ。オアフ教授が何か言うと桃倉さんが日本語に訳し、大きめの声で言う。それを聞いてぼくは桃倉さんにぼそぼそと答える。それを桃倉さんが英語に訳しオアフ教授に伝えるという手順だ。ここにトリックがあって、ぼくが小声でぼそぼそ言う形にすればボロを出さずにすむ。つまり実質は桃倉さんがすべて質疑応答をしてくれているわけだ。それなら佐々木さんは意味がないようにも思えるけど、隣を佐々木さんに護《まも》られていると、気持ちが全然違う。

オアフ教授は、なぜぼくが医学を研究しようとしたのかというような、ぼく自身にも答えられる質問を重ねていた。そんな当たり障りのないやり取りが5分ほど続いた後、オアフ教授の表情が急に厳しくなった。

「Okey, now we start the discussion about the antigen you found out so called Sonezaki band.（さて、ではソネザキバンドについて議論を始めよう）」

訳した桃倉さんが、小さく咳払《せきばら》いする。いよいよ本番だ。ぼくは緊張した。

といってもぼくが答えられることは何もないけど……。

「ソネザキバンドを発見したとき、アニーリングの温度設定は何度でしたか？」

「なぜ、そんなことをお尋ねになるんですか？」

桃倉さんの逆質問に、オアフ教授の眼が鋭く光を放つ。

「ソネザキバンドの性質が、我々の発見した抗原と正反対だからです。ひょっとしたら、アニーリング温度を低く設定したためフォールス・ポジティブを拾ったのではないか、と疑っているのです」

「アニーリングはスタンダードの温度設定です」と桃倉さんは答えた。

「5歳、男子はかなり特殊ケースですが病理学的に確定診断はついていますか？」

桃倉さんはむっとした口調で「当然です」と即答する。それから思いついたように、

「だよな？」と佐々木さんに確かめる。すると佐々木さんは首を横に振った。

「病理診断報告書の確認は、藤田教授がペーパーを書く前になさったのでは？」

桃倉さんの顔が青ざめた。

幸いオアフ教授は日本語がわからないので、さりげなく次の質問に移行した。

「検体によっては、そうしたフォールス・ポジティブが発現するケースがあることは、ご存じですね？」

「Of course.（もちろん）」

桃倉さんがすらすらと英語で答える様子を、ぼくは尊敬の眼差《まなざ》しで見つめる。ハイパーマン・バッカスの論戦で、ぼくに言い負かされる人とは思えない。

オアフ教授の眼がぎらりと光る。

「実験はn（エヌ＝症例数のこと）が1例ですが、追試は何度行ないましたか？」

桃倉さんがごくり、と唾《つば》を飲み込む。

「3回、です」

「結果の再現性は？」

「3回追試し、3回目で再現性を確認しました」

ウソだ。ぼくは心の中で叫ぶ。桃倉さんは、ぼくの眼を見ようとしない。

オアフ教授は深々と息を吸い込んだ。その眼からは、ぎらぎらした攻撃の色は落ちていた。教授は鞄《かばん》から1冊の雑誌を取り出す。すっかり見慣れた「マグニフィスント・メディカル・アイ」だ。オアフ教授は雑誌を掲げ、ぼくの顔をまっすぐ見つめる。

「もしこの雑誌に掲載された結果が事実であるのなら、この論文は私が表紙を飾った

『ネイチャー』最新号に同時掲載されるべきです。だが私はそうなるとは思いません。それは君の実験にミスティクがあることが明らかだからだ」

桃倉さんは早口でオアフ教授の発言内容をぼくに伝えると、オアフ教授に問い返す。

「なぜ、そんな風に断言できるんですか」

オアフ教授は、透明な表情で言った。

「ソネザキバンドのシーケンスは我々が先日公表したある癌発現遺伝子との相同性が高く、97パーセント一致した。その発現遺伝子はマリグナント・メラノーマ（悪性黒《こく》色腫《しょくしゅ》）に特有であり、レティノでは発現しない。それを踏まえるとドクター・ソネザキの実験結果の可能性はふたつに絞られる」

桃倉さんがごくりと唾を飲み込む。

「何ですか、そのふたつの可能性は？」

大声で質問したのは美智子だったので驚いた。桃倉さんが困惑した表情を浮かべる。

「Professor Oafu, she just asked you what was the problem about his paper.」

美智子の隣にいた白いワイシャツの男の人が英語で言う。

それに対し、オアフ教授が英語で何かを答えた。

その言葉を聞いた桃倉さんの顔が青ざめる。

「オアフ教授は今、なんておっしゃったんですか？」

ぼくの質問に、桃倉さんは答えない。反対側に座った佐々木さんが小声で言う。

「オアフ教授は、実験結果は黒色腫の症例と取り違えた可能性が80パーセント、コンタミの可能性が10パーセントだから、その排斥が第一だと言ったんだ」

「コンタミって何なんですか？」

「別の検体が混ざっていたということだ」

頭の中が真っ白になる。オアフ教授は、ぼくの論文は間違っている、と人々の面前ではっきり指摘したのだ。世界トップの研究者の眼はごまかせない。

吐き気がした。でも本当のことを言うなら今しかない。

その時、スカイレストラン『満天』の扉が開いた。振り返るとそこにはマフィアのボスみたいに黒い背広をびしりと着た藤田教授が立っていた。

藤田教授はつかつかと壇上に歩み寄ると、両手を広げオアフ教授に向かい合う。

「Hi Philip, you look so good.（やあ、オアフ、元気そうだね）」

ぼくにも聞き取れる簡単な英語だ。オアフ教授は早口で英語をまくしたてた。

藤田教授は、ヤー、ヤーと言いながら、ぼくの肩に手を置いた。

「立ち上がってお辞儀をしなさい」

藤田教授に言われたぼくは、尻《しり》をつかれたように、ぴょこん、と立ち上がり、ぎこちなくお辞儀をした。小山のようなオアフ教授は両手を広げて、ぼくの肩を抱いた。

藤田教授はテレビクルーの人たちに言った。

「今日はごくろうさまでした。オアフ教授も満足のいく会談だったと言っています。彼はこれから帰国するため成田に向かうので、そろそろ解放してあげて下さい」

藤田教授はレポーターのきゃぴきゃぴおねえさんにウィンクを投げた。

「遅刻して申し訳ありませんでした。その代わりに、ニュース番組の字幕スーパー作成には今からつきっきりでご協力しますよ」

「それは助かります。では、下でお待ちしています」

グラサンのおじさんが言うと、藤田教授は満足げにうなずいた。

テレビクルーがいなくなると、藤田教授はオアフ教授に二言、三言話しかけた。大きくうなずくオアフ教授。佐々木さんが冷ややかな視線でその様子を眺めていた。

オアフ教授はぼくに歩み寄り、右手を差し出してきた。おずおずとその手を取ると、オアフ教授は力一杯握り返した。その手は大きくがっちりしていた。

オアフ教授は藤田教授と談笑しながら姿を消した。あとにはぼくと桃倉さん、佐々木さん、そしてチーム曾根崎の3人が残された。それからもうひとり。美智子の質問を英訳してくれた白いワイシャツの男の人。腕に緑色の腕章をしたその人は、ぼくに名刺を差し出した。「時風新報《ときかぜしんぽう》科学部・村山弘《むらやまひろし》」とある。男の人はにこやかに言う。

「この間はどうも。近いうちに正式に取材申し込みをさせてもらおうと思っているので、よろしく」

言いたいことだけ言うと、村山記者は姿を消した。その後ろ姿を見て、ぼくは思い出した。この間のインタビューの時、ひとりだけ医学的な質問をした記者さんだ。

制服姿をビシッときめた佐々木さんが美智子に向かって言う。

「君は本当に中学2年生なのかい？　大したもんだ。あんな場であんなふうな発言はなかなかできないからね」

「あの、つい夢中で」と言った美智子は、ポニーテールを揺らして、真っ赤になってうつむく。こんなにしおらしいコイツを、ぼくは初めて見た。

こうして見ると意外に可愛いじゃん、美智子。

ふだんの声と似ても似つかない、消え入りそうな小さな声。隣で三田村とヘラ沼も美智子の変貌《へんぼう》ぶりに、ぽかんと口を開けている。

そこに桃倉さんがやってきた。いつにもまして疲れ切った表情をしていた。

「曾根崎君、ご苦労さま」

ぼくは、聞かずにはいられなかった。

「オアフ教授はお見通しでした。最後に藤田教授はなんて言ったんですか？」

「まあ、その……」

桃倉さんが口ごもる。佐々木さんが咳払《せきばら》いをする。

「モグラさん、曾根崎君は論文の筆頭著者なんだから、本当のことを知る権利があると思います」

桃倉さんは苦しそうな表情になる。それからゆっくり答える。

「藤田教授はね、オアフ教授と同じように、あの実験結果がコンタミである可能性を指摘したとおっしゃった。その上で、追試で絶対大丈夫だ、と曾根崎君が太鼓判を押したから投稿したんだ、と言っていた」

ぼくは耳を疑った。ちょ、ちょっと待ってよセニョール。ぼくはそんなこと言っていないし、投稿に反対したのは桃倉さんだし、藤田教授がやったことは自分が言ったことと正反対だ。もう滅茶苦茶《めちゃ》だ。

チーム曾根崎のメンバーは、気の毒そうにぼくを見た。佐々木さんは言った。

「今回のテレビ放送は、藤田教授がテロップ操作するだろうからなんとかごまかせる。でも世界のオアフ教授があの論文に注目している。もう肚《はら》を決めるしかない」

肚を決める？　一体何に？

桃倉さんはぼくの混乱ぶりと動揺を見て言った。

「曾根崎君、疲れただろう。今日はこのままお帰り」

∞

来るときとは打って変わって、チーム曾根崎は意気消沈していた。経緯がわからないまま参加したヘラ沼だけは大久保リリさんと握手して満足そうだったけど。

「ねえ、ジョナーズに寄らない？」

美智子の提案に、午後の予定のなかったぼくたちは同意した。4人はドリンクバーを注文した。それぞれが3つずつコップを並べ、おしゃべりを始めた。

「まさかオアフ教授を間近で見られるなんて思いませんでした」と三田村が口を開く。

「そんなに有名な人だったのか、あのおじさんは？」

ぼくが尋ねると、ぼくの医学に関する無知蒙昧《もうまい》さに慣れっこになった三田村が言う。

「ノーベル医学賞の最有力候補です」

「ふうん。三田村の憧《あこが》れのヒーローなんだな」

「私は、曾根崎君が自分だけいい子になろうとしているんだと思っていました。でも、さっきの討論会でよくわかりました。大人の都合でひどい目に遭っていたんですね。これから私はまた、全面的に曾根崎君に協力することをお約束します」

三田村の言葉に、ぼくの胸は不覚にも熱くなった。

「ありがとう、三田村」

「こっちは俺に任せとけ。俺も手伝ってやる」

よくわからないくせに、お調子者のヘラ沼が追従する。

おい、ヘラ沼、お前が言う〝こっち〟って、一体どっちなんだ？

それからぼくたちは、残り少ない夏休みの予定とか、山ほど残った宿題のことを、だらだらと話しつづけた。店から出たときには夕焼けが西の空を焦がしていた。


家に帰るとパパにメールをした。

ここ数日、何も報告していなかったので、経過を詳しく書いた。もっともぼくがメールをしなかった間も、パパは朝食の献立を淡々とメールし続けてきたんだけど。

手短に事情を書くつもりだったのに、気がつくと、これまで書いたことのないくらい長いメールになっていた。

メールを送信したぼくは、カラフルな待ち受け画面の前でパパからの返信を待った。

部屋が暗くなり画面だけが明るく輝く頃になっても、メールはこなかった。

待ちくたびれたぼくは机に突っ伏し、いつしか深い眠りに落ちていた。

10章

8月18日（木）

「世の中で一番大変なのは、
ゴールの見えない我慢だ」と、
パパは言った。

翌朝。ぼくは机に突っ伏したまま眠っていたので、顔を上げるとスリープしている黒いモニタ画面が目に入った。

画面を復旧させ、ジャンク・メールを捨てていたら、「アッカンベー」君のメールを見つけた。急いで開けると、見慣れた冒頭の文字が眼に飛び込んできた。

そのあとに続いた文字は、いつものような朝食の献立ではなかった。

✉ディア、カオル。カオルがこんなに大変なことになっていたとは思わなかった。返事が遅れたことを許してほしい。こういうときに限ってVIP訪問が重なり、そのVIPがVIPらしからぬ明晰《めいせき》さでつっこんできたり、とパパも散々な目にあっていた。もっとも災難度の度合いはカオルのほうがすさまじいけどね。

さて、パパはカオルのメールを見てすぐに返信したけど、たぶん君はベッドで寝っこけていると思うし、それを確認するのは学校に登校する直前で、おそらく時間がないだろうから、返事は夜で構わない。話が長くなるので、ひとつ話題のけりがつくたびに新しいメールを送ることにする。伸

舌打ちをする。ゲーム理論の世界的権威、曾根崎伸一郎教授の弱点、それは理論をつきつめるあまり、山麓《さんろく》の風景をないがしろにする点にある。パパは中学生のぼくが夏休み中だ、ということを完全に忘れている。夏休みだから平日の朝の今すぐにでも返事を書けるのだ。でもぼくは返事を先延ばしした。

パパの2通目のメールを読みはじめたからだ。

✉ディア、カオル、メールで見る限り、藤田教授という人はかなり悪質な人物のようだ。このままでは済まない気がするからこちらでも対策を準備しておく必要がある。こういう相手には2通りの道がある。ひとつは「やられたらやり返せ」。別名アクティブ・フェーズと呼ばれる方法だが、この場合相手が本気で反撃してきたら総力戦になる。カオルが好きな中国の歴史だと漢《かん》の韓信《かんしん》の「背水の陣」の覚悟が必要になる。もうひとつはパッシブ・フェーズで極意は「明鏡止水」。すべての事象をあるがままに受け止め波風を立てない方法だ。老子《ろうし》の言う「倹武《けんぶ》」に近い。不戦を最上とするのでダメージは少ない。ただしこれも相手次第で、相手が悪質だった場合、こっちも無傷ではすまない。

どちらを選ぶのかは、カオルの決断次第だ。

そこで2通目のメールは終わり、そのすぐ下に次のメールがぴかぴか、着信マークが光っていた。ぼくは急いで3通目のメールを開く。

✉さて、ここでカオルにはアクティブ・フェーズかパッシブ・フェーズかのどちらかを選択してほしい。これは初めに決めることだ。なぜならふたつの闘い方は全然違い、一度基本戦略を選択したら途中で変更はできないからだ。

ぼくは、パパのメールを繰り返し読んだけど、結局、アクティブとパッシブのどちらを選ぶか、即決できなかった。両方の中身を教えてくれればいいのにと思っていたら、次の未開封の4通目に気がついた。ぼくはメールを開く。

✉ディア、カオル。君はさっきのメールを読んで、アクティブとパッシブの両方を教えてくれればいいのにと思ったに違いない。でもそれではダメなんだ。両方の戦略が頭にあると無意識にラクな方を選んでしまうのが人間の特徴だ。そしてどういうわけかラクな道は敗北へつながることが多い。ラクな方を選ぶ人がどのくらい多いかというと、ラクじゃないほうを選ぶ人は往々にして「変人」と呼ばれる。そしてその中で成功した人を「勇者」と呼ぶ。世の中に「勇者」がいかに少ないか、歴史好きのカオルなら知っているだろう。

本当ならもう少し詳しくアドバイスしてあげられるといいのだけれど、パパは藤田教授と直接面識がないから、情報が少なすぎて判断が難しい。

だからカオルが自分で決めること。そのあとでやり方を教える。

ぼくは劉備《りゅうび》とか曹操《そうそう》とか、『三国志』の英雄を考える。現代でもてはやされている人を思い、パパの言葉に全面的に同意して5通目のメールを開く。

✉さて、アクティブもパッシブも、ラクなところもあれば辛《つら》いところもある。平均すればどっちも同じくらい大変だ。だからパパは片方しか教えない。これはどちらも4教程あり、第1教程は共通でその後2つに分かれる。パッシブで大変な過程は第2教程で、アクティブで大変なのは第3と第4だ。だが両方知っていると第2教程はラクなアクティブを選び、第3と第4教程でアクティブが大変だからパッシブに流れてしまう。それこそがサイアクの選択で、必敗の方程式だから、パパはカオルに片方しか教えないつもりだ。

息子が負けることを願う父親はいないからね。

最後の言葉に少しジンとしながら、6通目のメールを開く。


✉ディア、カオル。どっちを選択したか、パパにメールせよ。12時間後に指令メールを送る。教程の1を教える前に教程0を伝授しておこう。まず雑事処理に専念せよ。大事に掛かる前に些事《さじ》を片付けておくことが重要だ。たとえば中学校の夏休みの宿題などだ。続いて指令1。総合解剖学教室の藤田教授、桃倉医師、佐々木先輩のメアドと住所、そして彼らの日常の情報を細大漏らさずゲットせよ。

それから次の指令を待て。伸

ぼくは立ち上がって部屋をうろつく。考える時のクセだ。たぶんパパはぼくが悩むフリをしていることを見透かしている。それは癪《しゃく》にさわることだケド。

ぼくはアクティブ、パッシブの片方を残し、もう片方を消去して返信する。

チロリンと音がして、メールは太平洋の海底ケーブルに吸い込まれていった。

指令1を遂行するため、ぼくは東城大学医学部に行くことにした。

大学病院行きのバスの中で、ぼくはパパの指令1の的確さを感じていた。これからパパはいろいろアドバイスをしてくれるだろうけど、たぶん最後は、ひとりで決断しなくてはならない。その時は直接情報が重要な役割を果たす。その情報を得るには情報がある場所に行くしかない。今欲しいのは藤田教授の考え方とかその他のささいなこと、たとえば何が好きで何が嫌いかとか、そういったもろもろの情報だ。

バスに揺られながら考えていると、袖《そで》を引かれた。

この間、出会った幼稚園児、カイがにこにこしながら立っていた。

右眼には相変わらず真っ白な眼帯。結膜炎にしては長いなと心配になる。

「第4問。ハイパーマン・バッカスが一番たくさん光線を使った怪獣はなーんだ？」

ぼくを見つめて目をきらきらさせる。ぼくはあっさり答える。

「ゲドンガモモンガ」

カイは口の中でトラララ、と口ずさむ。それからぱあっと両手を広げる。

「大正解、です」

ぼくは思い出してブレザーの胸ポケットを探る。桃倉さんの「ドンドコ」からくすねた、付録のシトロン星人のシールがあった。

「これ、あげる」

カイの顔が、ぱあっと明るくなる。

「ほんと？　ほんとにこれ、もらっていいの？」

ぼくがうなずくと、腕をクロスさせてバッカス変身のポーズを取ったカイは、後部座席に飛んで戻って、お母さんの肩を揺する。

「ママ、これ、あのお兄さんにもらった」

うとうとしていたお母さんはシールを見ると、ぼくに笑顔で会釈した。バスががくんと揺れ、徐々にバスの前方がせり上がっていく。アナウンスが流れる。

「間もなく終点、大学病院です。お降りの方はブザーでお知らせ下さい」

アナウンスを聞くたびにいつも、終点なんだからブザーは押さなくていいんじゃないか、と思う。

バスを降りたカイは、スキップしながらオレンジ色の建物に向かう。

時々振り返りぼくに手を振る。お母さんと一緒のカイが小さくなる。ぼくはその姿を見送ってから、青葉が茂る桜並木を赤煉瓦《あかれんが》棟に向かって歩き出した。

総合解剖学教室に顔を出すと、藤田教授はにこやかに笑って片手を挙げる。

「やあ、ウルトラスーパー中学生医学生の曾根崎薫君、昨日はご苦労さまでした。見たかね、桜宮のスーパースター列伝の続編を。曾根崎君もああしてみると、なかなかカッコいいもんだな、と改めて見直したよ」

藤田教授に珈琲《コーヒー》を出した宇月さんが微笑む。花の香りがふんわり漂う。

「でもオアフ教授に、論文の問題点を指摘されちゃいました」

藤田教授の顔が一瞬曇ったけれど、すぐに陽気に言い放つ。

「オアフが何を言ったってここは学会じゃない。こっちは文部科学省の目をごまかせればそれでいいんだよ」

ぼくははっとする。今確かに、藤田教授は「ごまかす」と言ったぞ。

藤田教授は大きく伸びをする。

「オアフがやってきた時はどうなることかと思ったが、サクラテレビのスタッフは英語力がなくて助かった。最大の危機を転じて巻き返すなんて我ながら見事だったな」

藤田教授の上機嫌な顔を見下ろしたぼくの胸に格言がよぎる。

「……亢龍《こうりゅう》、悔いあり」

「ん？　何か言ったかね」

「いえ、別に」と答えた自分の言葉の響きの冷ややかさが、何だかふだんの佐々木さんに似ていることに、ふと気がついた。

藤田教授から放免されたぼくは、隣の秘書室に入る。

ワープロを一心に打っていた宇月さんの側に寄る。

「教室の人たちの住所録はありますか？　できればコピーが欲しいんですけど」

「あるけど。いきなりどうしたの？」

「残暑見舞いを出そうと思いまして」と、とっさにぼくはウソをついた。

「偉いわね。それならプリントしてあげる」

ワープロの手を止め、思案顔で画面の上を探している。やがて宇月さんの白く細い指が滑らかにキーボードを叩《たた》きはじめた。背後で器械の唸《うな》り声が聞こえた。

振り向くと、プリンターが1枚の紙を吐き出していた。

みると教室員の住所録だったので、ぼくは頭を掻《か》いて言う。

「すみません、メアドも欲しいんですけど」

「残暑見舞いならメアドはいらないんじゃない？」

「実は残暑見舞いはメールで出そうと思って」とぼくはとっさに答える。

「そうなの。珍しく筆まめな子だな、と感心したのに」

ぼくは、器械音とともに吐き出された紙をひっつかんで、秘書室を飛び出した。

地下の実験室の扉を開けると、桃倉さんが背中を丸めてPCR検体を調整していた。

「昨日はありがとうございました」とお礼を言うと、桃倉さんは顔を上げた。

「曾根崎君に礼を言われる筋合いはない。あれは教室の問題だから。こちらが謝りたいくらいだ」

久しぶりに桃倉さんの言葉を聞いた気がして、ちょっと目頭が熱くなる。

「それでも、ありがとうございました」

桃倉さんはピペットを取り上げ、黙々と試薬の調整を再開した。

佇《たたず》んでいるぼくの姿を見ずに桃倉さんは言った。

「今日はこのPCRで終わりだから、久しぶりに一緒にお昼でも食べようか」

ぼくはうれしくて、何度もうなずいた。


桃倉さんの給料が安いのは、ふだんの服装や食べもの、生活ぶりでわかるけど、久しぶりに一緒の食事が「満天」だったのには少しがっかりした。

でもうどんが美味《おい》しいのでいいんだけど。

午後2時過ぎ、病院食堂はがらがらだ。

ぼくと桃倉さんは窓際の席に座り、うどんをすする。

窓の外には水平線が銀色に光っていた。岬の近くで何かがきらりと光る。

「あれ、なんだろう？」

桃倉さんはぼくの指先の示す場所を見て、うどんをすすりながら答える。

「あれは大昔の貝殻の残骸《ざんがい》だ。その跡地に因縁の塔が建てられたけど、すぐに壊れた。今はガラスのお城が建っている」

謎めいた言葉に、「それって何のこと？」と聞き返そうとしたら、桃倉さんに声を掛けてきた人がいたので、話はそこで終わった。

「よお、桃倉。いつまでキソで遊んでいるつもりだ？」

ぱりっと白衣を着込んだカッコいいお兄さんだ。見るからに外科医っぽい。

桃倉さんは背を丸めて、もごもご言う。

「久しぶりだね、利根《とね》。もう少しで実験結果がまとまりそうなんだけどね。それよりお前、講師になったんだってな。おめでとう」

利根さんはにこやかに言う。

「運がよかっただけさ。二東三文の雑誌に載った論文のインパクト・ファクターが急上昇したおかげで、俺の株も高騰してね。それよりも気をつけた方がいいぞ。今はプロジェクトが順調だから、垣谷教授もお目こぼししてくれているけど、もしもトラブったら八つ当たりの標的にされるからな」

それからちらりとぼくを見て、言う。

「君が有名なウルトラスーパー中学生医学生か。桃倉のヤツをよろしく頼むぜ」

そう言うと利根さんは颯爽《さっそう》と白衣の裾《すそ》を翻して「満天」を出ていった。

「今の人、誰ですか？」

「臓器統御外科の利根講師。同級生だよ」

「同級生？　利根先生って桃倉さんと同い年なの？」

「僕は一浪、あいつは現役だから、正確に言うといっこ下だ」

いや、いっこくらいは差があるとは言わないんですけど。

それにしても桃倉さんて老けて見えるんだな、と再認識した。

「えと、桃倉さんって解剖のお医者さんじゃなくて、外科のお医者さんなんでしょ。どうして解剖の勉強をしてるの？」

「博士号を取るためだよ」

「博士号って、バッカスの自家用自転車タケシ号みたいなヤツだよね」

「言われてみれば、博士号もタケシ号と大して変わらないかもしれないな。どちらもあんまり役に立たない。でも、ないとカッコがつかない」

久しぶりに桃倉さんの笑顔を見た。

桃倉さんは窓の外、水平線を眺めた。

「ぼくがこの教室にいられるのもあと1年だ。来年は外科に戻らなければならない。でも今のままだと博士号は無理そうだ」

桃倉さんが教室からいなくなる？　そうしたらぼくはどうすればいいんだろう。

不安が黒雲のように湧き上がっているぼくの心とはうらはらに、窓の外では、真夏の太陽がびかびか光り、水平線に入道雲がもくもくと上がっている。

病院玄関で桃倉さんと別れ、帰りのバスに乗る。時間に正確なパパの次の指令は夜8時。ポケットの住所録とメアド一覧に触れる。何としてもその時間までに残暑見舞いを作ってメールせねば。

メアド一覧には宇月さんのもあったので、半端なものは送れない。げんなりした。こういう余分なコトが、雑用を膨らませる。ぼくは改めて、そんなしがらみから自由なパパを半分うらやましく、半分腹立たしく思った。

午後4時に帰宅して夕食をはさんで残暑見舞いメールが完成したのが午後7時。絵柄はハイパーマン・バッカス対シトロン星人で、われながらいい出来のデジタル画像に仕上がった。その絵をしみじみ見ていると、なぜか藤田教授と桃倉さんの議論の場面が浮かんだ。ふたりとも全然絵柄と似ていないのになぜだろう。

一斉送信は7時半。これでようやく準備が完了した。オレンジジュースを飲みながらデスクトップ・パソコンの前で、パパからのメールを待つ。

8時ジャスト。チロリン、とメール着信の音がした。

✉ディア、カオル。朝食はシナモントーストとカモミールティーだった。伸

緊張していたぼくはへなへなとなる。すぐ再び着信音。2通目のメール。

✉ディア、カオル。パパの予測ではカオルがパッシブを選択する確率97％、アクティブを選択する確率2％、選択放棄で依存してくる可能性1％だ。

自分の予想を見せびらかしたがるのはパパの悪いクセだ。矢継ぎ早に2通同時着信。

✉ディア、カオル。今、君は、パパが後で予想をでっちあげたと考えただろう。だが2通目は12時間前に時間指定して送信したメールだ。

メールを確認すると、確かに予想メール発信は11時間前。パパのすごさを思い知らされる。それから4通目を見る。

✉ディア、カオル。この程度で感心したらダメだ。送信メールは君の答えを見てから発信したものだ。送信時間をごまかすことは簡単だ。

机の上に載せた枕に、ぼすり、と顔を沈め、しばらく動けなかった。

一体パパは何をしたいんだ。枕の中で目を閉じたぼくの耳に再びチロリンの音。

✉ディア、カオル。では指令に入ろう。第1教程、指令1。解剖学教室のスタッフの住所とアドレスをパパに送れ。伸

すぐに2枚の書類を電子データに変換し送信。メールが返ってくる。

✉ディア、カオル。第1教程、指令2。君が解剖学教室に行くようになって毎日つけていた君の日記（業務日誌？）を電子化してすべて送れ。伸

半年の業務日誌には、気が向くとふだんの生活のことを書いてあるから、なんだかんだで100ページ近くある。ノートに手書きしたものなので、1ページずつ電子化しなければならない。

ふだんならそんなめんどうな仕事、真っ先に投げ出すんだけど、オアフ教授の厳しい視線を思い出すと、そこから逃れるためなら大した手間ではないな、と思い直す。

一応念のため、確認メールを打った。

🖂カオル↓パパへ。業務日誌は結構量があるから、かなり時間がかかりそうです。それでもやらなくちゃダメ？

チロリン。

🖂ディア、カオル。気長に待つからもれなく全部送るように。これが終わったら第2教程に入る。第2はもっとも大切で大変な教程だから、頑張るように。伸

第1教程も大変だったんだけど、それよりももっと大変なのか？　一瞬、眩暈《めまい》がしたけど、気を取り直しメールを返す。

🖂カオル↓パパへ。了解しました。すぐに作業に入ります。

チロリン。

🖂ディア、カオル。了解。ではパパは少し眠る。伸

すべての日誌を電子化し、最後のメールを送ったのは、2時間後だった。時計を見ると午後10時。返信は来ない。画面の向こうでパパは眠りこけているのかと思うと、急にばかばかしくなって、ぼくは日誌を抱えて、うつらうつらしてしまった。

気がつくと朝だった。

画面を見ると、ちかちかと「アッカンベー」君の着信マークが点滅している。

✉ディア、カオル。業務日誌を読むと、本当に君が頑張っている様子がわかって、誇らしい気持ちになった。医学は人々が幸せになるために行なわれる、素晴らしい学問だ。その一翼をカオルが担っているのかと思うと感無量だ。伸

どこにも指令なんてない。慌てて探すとジャンクに埋もれたメールが見つかった。

✉ディア、カオル。今からもっとも難しい第2教程の指令を出す。指令1。数日後、カオルにパパから手紙が届くが、決して開けてはならない。指令2。今からカオルはこの件に対し何も考えてはならないし、何も言ってはならないし、何もしてはならない。伸

肩透かしを喰《く》らい、何度もメールを読み返す。これが一番大変な指令だって？　何かの間違いじゃないの？

でも何度読んでもパパのメールは素っ気ないままだ。

3日後、国際郵便が届いた。好奇心がむずむずしたが、言われたとおり開けるのは我慢した。パパからは淡々と朝食献立メールが送られてきた。返事をしないつもりだったけど、郵便を受け取った翌日、我慢できなくなってメールで尋ねた。

🖂カオル↓パパへ。手紙は受け取りました。ひとつ聞きたいんだけど、どうして第2教程が一番大変なの？　そんな風には思えないんだけど。

すぐに返ってきたパパの答えはたった一行だった。

🖃ディア、カオル。世の中で一番大変なのは、ゴールの見えない我慢だからだ。

しばらくして、少し長い説明メールが返ってきた。

✉ディア、カオル。さっきのメールの補足説明をする。パッシブ・フェーズの極意は専守防衛だ。コトが起こったら即座に反応し被害を最小限に食い止める。だから君の我慢はいつまで続くかわからない。そして一度コトが起こったら機敏に動かねばならない。意識を集中し、しかも我慢する。これが世の中で一番大変なことだとパパは思う。

ひょっとしたらこうした準備は全部ムダになるかもしれない。実はそれは喜ばしい。だが予測では1ヵ月以内に問題発生する確率は75%とかなり高い。

だからそれまでカオルは体力を温存しておくように。伸

メールの中身は理解できなかったけど、パパの言葉にはいつも、なんだかんだで納得させられてしまう。

1週間、ぼくは平穏無事な時を過ごした。ぼくはのほほんとした生活にイライラするようなタイプではない。ここだけはパパの予測は違っていた。それよりぼくの肩にはたまりにたまった夏休みの宿題が重くのしかかり始めていた。

8月31日、水曜日。水曜日なのに東城大に行った理由は簡単だ。

ぼくの鞄《かばん》の中には、夏休みの最終日なのに、まだ終わっていない数学の宿題プリントがごっそり入っていたのだ。

当然、ぼくの数学の専属家庭教師、桃倉さんの力をあてにしていた。

教室では桃倉さんが「ドンドコ」の最新号を読んでいた。いつもの緊張感はない。

それもそのはず、今週は藤田教授は夏休み、下っ端にとって突然出現した砂漠のオアシス、特別休暇のサバティカル。ぼくが雑誌を取り上げても桃倉さんはあくびをして怒らない。しめしめ、これなら桃倉さんに数学の宿題を押しつけられそうだ。

物語では平穏な空気の描写の次に続くのは嵐の襲来だ。定跡どおり扉ががらりと開いた。ぼくと桃倉さんはその顔を見て凍りつく。藤田ゴジラ突然の登場。

あわてた桃倉さんは「ドンドコ」をぼくの手から奪ってごみ箱に投げ捨てる。

「ふ、藤田教授、明日《あした》まで夏休みのご予定だったのでは？」

藤田教授は桃倉さんの質問を無視して、投げ捨てた「ドンドコ」にも見向きもせず、机の上にばさりと新聞を投げ出した。

「一体どうしてくれるんだ、桃倉」

それは今朝の時風新報で、一面に「文部科学省重要プロジェクトに論文捏造《ねつぞう》疑惑」とあった。「捏造」という言葉を読めずに首をひねるぼくを、藤田教授は冷ややかに見下ろした。

一体、何が起こったのだろう。

11章

8月31日（水）

「心に飼っている

サソリを解き放て」と、

パパは言った。

藤田教授から渡された新聞を見て、桃倉さんは凍りついたように動かなくなった。

見出しの文字が眼に突き刺さる。頭の中が真っ白になった。

「スーパー中学生医学生に関する疑惑」「ノーベル医学賞候補、マサチューセッツ医科大教授の質問をごまかした討論会」「実験結果を捏造」「教室全体で隠蔽《いんぺい》工作？」

脳裏に白いワイシャツ、緑の腕章の村山記者の顔が浮かぶ。

藤田教授は、桃倉さんから新聞を取り戻すと、大声で記事を読みはじめる。

「東城大学医学部総合解剖学教室に飛び級で入学した中学生S・K君が先日、医学雑誌に投稿した論文が掲載された。同教室藤田教授が『文部科学省特別科学研究費B・戦略的将来構想プロジェクト』に公募した『中学生の柔軟な発想に基づく医学研究の新しい教育と研究の展開』というプロジェクトの目玉的存在である彼が、網膜芽腫《がしゅ》という眼疾患における画期的な論文を欧米の専門誌に掲載した結果、藤田教授は文部科学省の将来構想プロジェクトの審議委員に任命された。これはS・K君の功績である。

だが記者はふたつの疑惑につきあたった。ひとつはS・K君が作成した論文は指導教官である藤田教授が書いたのではないかという疑惑。S・K君の中学の英語の成績は芳しくないというが、そんな少年が高度な医学論文を書けるだろうか。だが論文が藤田教授の指導の下で作成され、共著者として名を連ねているので大きな問題ではない。過去に研究の実施者ではなく教室の主宰者の教授名義で発表された論文が数多く存在したが、それは現在も医学界でまかり通っているからである」

藤田教授はそこでぼくの顔をじっと見た。それから朗読を再開する。

「一番の疑惑はS・K君が実験データを捏造したのではないかと思われる点だ。この点に関し世界トップの研究者、マサチューセッツ医科大学のオアフ教授が桜宮市を訪問し、公開の場で質問した。質疑応答に関し指導教官が終始対応し、S・K君は一切答えなかったが、某TVのニュース番組ではS君の立派な対応がテロップつきで放送された。だがそのやりとりと番組の放映内容に疑念を抱いた記者は、成田空港で出発前のオアフ教授に直撃インタビューを試みた。するとオアフ教授は討論の場でS・K君が発見したシーケンスは悪性黒色腫《こくしょくしゅ》に特異性が高く、網膜芽腫では報告例がないため網膜芽腫と悪性黒色腫のコンタミ（組織混入）の可能性が疑われるので、追試を提言したが、明確な回答は討論では得られなかったとのことだった」

藤田教授は、ばさり、と新聞を投げ捨てた。ぼくと桃倉さんは、新聞を見つめた。

「桃倉くん、病理診断の結果は確認済みだったよね」

藤田教授の問いに、桃倉さんが答える。

「あのとき、病理の結果を確認しましょうかと申し上げたら、急がなければならないから、教授御自身が電子カルテにアクセスするとおっしゃいましたので……」

「ほうほう、つまり桃倉君は、この論文の共著者でありながら、これまで病理診断についてまったく確認していなかった、ということかね」

桃倉さんはうなずく。藤田教授は立ち上がり「こちらにきたまえ」と言った。

ぼくと桃倉さんは藤田教授のあとを追って教授室に入った。

教授はパソコンに向かってすごい勢いでキーボードを打ちはじめた。やがて目的のデータにたどり着いたのか、腕を組んで食い入るように画面を見つめる。

顔を上げ顎《あご》をしゃくり、桃倉さんに、隣に来い、というゼスチャーをする。

桃倉さんは机の向こう側に回り、藤田教授の背後から画面を覗《のぞ》き込む。

「Retinoblastoma, compatible with, see description. やはりレティノですね」

桃倉さんが掠《かす》れ声で答える。ぼくはほっとした。診断間違いではなかったようだ。

だが藤田教授の厳しい顔は変わらない。低い声で続ける。

「そんなだからお前はダメなんだ。最後までよく読め。see description（記述参照）と書いてある」

桃倉さんの視線が画面の下のほうに向かう。最後の一行で、視線がぴたりと止まる。

「rule out, malignant melanoma……『悪性黒色腫の鑑別を要す』ですって?」

顔を上げると、桃倉さんは藤田教授に尋ねた。

「このあとの追試結果報告はどうなってますか？」

「病理のレポートはこれで全部だよ」と藤田教授は肩をすくめる。

「え？　免疫染色はしていないんですか？」

「悪性の診断がつけば確定診断を省略するようになって久しい。10年前に端を発した医療崩壊のせいで、医療費のシーリングが厳しくなり最小限の診断しか許されなくなったことくらい、臨床現場の外科医だったお前なら、よく知っているだろう」

「だからって、この段階で診断をやめるだなんて……」

「仕方ない。どのみち手術してしまえば同じことだからな」

藤田教授は桃倉さんをぎょろりと見た。

「医療の現状について、ここでとやかく言っても始まらない。どうにかしなければならないのは今、目の前に出された疑惑をいかに払拭《ふっしょく》するかということだ」

桃倉さんは身を縮める。

「でも、このレポートではオアフ教授の質問に対する回答にならないのでは……」

バン、と大きな音。藤田教授が真っ赤な顔で机を両手で叩《たた》き、立ち上がった。

「そんなことはわかっている。要はその上でどうすればいいか、ということだ」

桃倉さんもぼくもきょとんとした。それは今さらどうにもならないのでは？

藤田教授はぼくに視線を向けた。冷ややかな眼光に射すくめられ、寒気を覚えた。

「こうなったら曾根崎君自身に、責任をとってもらうしかなさそうだな」

は？　ちょっと待ってよ、セニョール、ぼくにどう責任をとれというのさ？

うすら笑いを浮かべた藤田教授の声は、地獄の底から響いてくるようだ。

「曾根崎君、残された手段は、君がうっかり間違った結果を出してしまいましたと、みんなの前で謝るしかないんだよ」

呆然《ぼうぜん》とした。何を言いだすんだ、この人は。

この論文を書いたのは藤田教授だし、実験の大部分をやったのは桃倉さんだ。

何もやっていないぼくが、なぜ謝らなくちゃならないんだ？

藤田教授はうっすら笑う。

「どうしてぼくが謝らなくちゃならないんだって顔をしてるね。坊やも困ったもんだ。曾根崎君が謝るのは当然だ。この論文は君が『マグニフィスント・メディカル・アイ』に掲載した論文だ。忘れては困る。この論文の著者は曾根崎君、君なんだよ」

周りの世界がぐにゃりと歪《ゆが》む。なんで？　どうして？　ぼくはただ……。

藤田教授はぼくを見つめて言葉を続ける。

「とは言うものの、私や桃倉君にも、曾根崎君の暴走を見抜けなかった責任がある。だから謝罪会見には同席してあげよう。曾根崎君をサポートするよ」

「あの、謝罪会見って？」

藤田教授はやれやれ、と首を左右に振る。

「少しは自分で考えたまえ。これだけの騒ぎになったんだ、曾根崎君の大好きな記者さんたちを呼んで、みんなの前できちんと謝るんだ。それしか、君には道は残されていないんだよ。わかったかね、ウルトラスーパー中学生医学生の曾根崎君」

「曾根崎君に謝罪させるんですか？」と桃倉さんが驚いた声で尋ねる。

「当然だ。そうしないとメディアは収まりがつかないだろう」

「でも曾根崎君はまだ中学生ですし、ここは教授が……」

「ほうほう、桃倉君はこの私に公衆の面前で頭を下げろ、と言うのかね」

「はあ、いえ、あの、その」

藤田教授のひとにらみで、桃倉さんは縮こまる。でも思い切ったように言う。

「あの、教授にお願いできないのであれば代わりに自分が……」

「君にそんな力量があるのかね。外科からの大学院生で学位も取れない、期間限定の助手の桃倉くんが、どうしてわが総合解剖学教室を代表できるんだ？」

桃倉さんは黙り込む。藤田教授はぼくに向かって宣告する。

「こういうのは記事が出た直後は効果が薄い。今日は8月31日で、明日《あした》は始業式だろうから、9日後の9月9日に謝罪会見を設定しよう」

何も言えずに部屋を出ていこうとしたぼくに、藤田教授は追い打ちをかけた。

「曾根崎君、次は謝罪会見の時にお目に掛かろう。短い間だったけど、君と一緒に過ごせて楽しかったよ」

目の前で閉ざされた扉をぼくは見つめつづけていた。

肩を叩かれ振り返る。ウルトラスーパー高校生医学生の佐々木さんが立っていた。

「どうしたんだ？　顔が真っ青だぞ」

詰襟の佐々木さんの、金ボタンと右眼が光る。ほっとして視界がぼやけた。

気がつくとぼくは声をあげて泣いていた。

「な、なんだ、どうしたんだ？」

佐々木さんは戸惑ったように言い、ぼくはいっそう声をはりあげて泣きはじめた。

佐々木さんはぼくの袖《そで》を引いてエレベーターに押し込んだ。一瞬の闇に包まれるとエレベーターはゆっくり下降を始める。

佐々木さんが、泣きじゃくるぼくを連れて行ったのは、地下の実験室だった。

うなり声をあげているＰＣＲの器械の前でぼくと佐々木さんは並んで座る。

「何があったんだ。説明してみろ」

ぼくは泣きじゃくりながら経緯を説明した。佐々木さんは黙って話を聞いていた。

話しているうち、哀しみより怒りのほうが燃え上がってきた。

ぼくの頬の涙はいつしか乾いていた。話し終えたぼくは佐々木さんに言う。

「いくら教授でもひどすぎる。仕返ししてやる」

「なんでお前が謝るのがひどいことなんだ？」

「ごまかしたのはぼくじゃない。藤田教授だもの」

「本当にそうなのか？」

佐々木さんの質問は意外だった。まさか佐々木さんまでぼくのせいにしようとしているの？　佐々木さんは、冷ややかに言う。

「お前は取材の時、これは自分の書いた論文じゃないと言わなかっただろう？」

「だってそれは……」

「あの時お前は、舌足らずのレポーターにちやほやされていい気になっていた」

違う、と言いたかった。でも言えなかった。その言葉は本当だった。

佐々木さんは続けた。

「いい気になったんだから、辛《つら》くなったとたん、逃げ出すのは卑怯《ひきょう》だよな」

ぼくは、鏡に映った自分の姿を見せられた。ぼくは甘ったれだった。

そのことを改めてつきつけられ、黙り込んだぼくの隣で、佐々木さんはＰＣＲ産物をゲルに載せて、電気泳動槽のスイッチを入れた。

固まっているぼくを見て、小さくため息をつく。

「お前に見せたいものがある。ついてこい」

ぼくは涙顔を上げ、にじんだ佐々木さんのうしろ姿を見た。


佐々木さんは赤煉瓦《あかれんが》棟をあとにして白い病院棟へ向かう。青々と茂った桜並木は風に吹かれて、梢《こずえ》がざわめく。佐々木さんは途中で右側の小径《こみち》に折れる。茂みをかき分けると、目の前にオレンジ色のシャーベットのような丸い建物が現れた。

ぼくは、バスで一緒になる眼帯の少年、ハイパーマン・バッカスの大ファン、カイを思い出した。そういえばカイはいつもこっちへ向かっていたっけ。

オレンジ・シャーベットみたいな建物の入口は自動扉で、透明なガラス戸が開く。

1階は薄暗く人の気配がない。ぼくは小声で佐々木さんに尋ねる。

「何なんですか、この建物は？」

階段を上りながら、振り返らずに佐々木さんは答える。

「オレンジ新棟と言って、昔は1階は救急センター、2階は小児科病棟だった」

「救急センターはどうして空っぽなんですか？」

佐々木さんは振り返ると、ひと言、「ずい分前に潰《つぶ》れたんだ」と言う。

「ええ？　病院も潰れるんですか？」

「知らなかったのか？　そうか、あの頃はお前は幼稚園児くらいか」

佐々木さんはぼくの眼を覗《のぞ》き込んで言った。

「救急センターが潰れたというのは正確じゃない。あの時、東城大学医学部付属病院全体が一回潰れたんだ。そして再生できるところだけ部分的に復活させた。でもその時、救急センターは復活できなかったんだ」

佐々木さんは2階の扉の前に立つ。金属製の扉が音もなく開き、暗い階段に光が差し込んだ。明るい笑い声が響く。

見上げた扉の前で笑い転げていたのは白い眼帯をした少年、カイだった。

佐々木さんは、カイの髪をくしゃっとつかみ、頭を揺する。

「アッシ兄ちゃん、おみやげは？」

「いつも土産があると思うなよ、カイ」

受付に向かう。ぼくはカイをちらりと見ながら横を通り過ぎる。

ぼくを見てカイは、拳《こぶし》を握って胸の前で腕を十字にクロスさせ変身ポーズを取る。

ぼくも「M88星雲の勇気のしるし」のポーズで、カイの挨拶《あいさつ》に応《こた》えた。

ナースステーションで忙しそうに働く看護師さんに、佐々木さんが声をかける。

「ショコちゃんが連れてこいってうるさかった、カオルを連れてきたよ」

書き物をしていた看護師さんが、伏せていた顔を上げる。

眼が大きくて綺麗《きれい》なひとだけど、ちょっとおばさんかな。

看護師さんが笑う。

「可愛い坊やね。すっかりナマイキになったアッシなんかより、よっぽど素敵だわ」

「悪いクセが抜けないね、ショコちゃん」と佐々木さんは肩をすくめる。

看護師さんは立ち上がると、ぼくに右手を差し出した。どぎまぎしながら差し出された手を握り返す。看護師さんはよく通る声で言う。

「初めまして、曾根崎薫君。あなたのことは佐々木君から聞いていたわ。あたしは、オレンジ新棟2階、小児科総合治療センター看護師長、如月翔子《きさらぎしょうこ》です。もうひとつ、東城大学医学部付属病院美少年検索ネット会長でもあるの。よろしくね」

握手した手をぶんぶん振り回す如月翔子さんを、ぼくは呆然《ぼうぜん》と見つめた。

「ショコちゃんはついてこなくていいのに」

「照れなくてもいいのに。わざわざここに来たのは、あたしに話に加わってほしいからでしょ」

「勝手にすれば」と言って佐々木さんは、ち、と舌打ちをする。

面談室の扉を勝手に開けると、佐々木さんはぼくの肩を押した。部屋に入り勧められた椅子に座ると、翔子さんは机に腰掛け腕を組む。佐々木さんが正面に座る。

「さて、俺がお前をここに連れてきた理由がわかるか？」

「あたしに引き合わせるためでしょ」

「ショコちゃんはうるさい」

翔子さんは、シュンと肩を落とす。ぼくは考えて、首を横に振る。

「わかりません」

「お前は、カイのことを知ってるよな。確か以前、バスの中で会ったことがあるって言ってたもんな」

「ええ、びっくりしました。なんでカイがここにいるんですか？」

ひょっとして病気だから眼帯をしているのか、という考えがよぎる。

「まだ、わからないのか？　鈍いヤツだな。そんなだから藤田教授にいいようにされてしまうんだぞ」

「また藤田教授が何かやったの？」

翔子さんの質問に、佐々木さんは振り返る。

「気が利かない中坊に自分のミスを押しつけようとしてるんだ」

「ほんとに腐ってるわね、あのフクロウ親父は」

ぼくは一瞬、藤田教授の「ほうほう」というあいづちを思い出し、くすりと笑う。

佐々木さんが翔子さんをたしなめる。

「ショコちゃん、壁に耳あり、だよ」

「構いやしないわ。聞こえたっていいのよ」

「わかったわかった。肝心の話が進まないから少し黙ってて」

翔子さんはまたシュンとしてしまう。これじゃあどっちが年上か、わからない。

気がつくと佐々木さんの鋭い視線がぼくを見つめていた。ぼくはどぎまぎする。

「前にも聞いたが、お前はなんのために医学を研究しているんだ？」

その質問は覚えていた。質問に答えることができなかったことも。

あの時と違って、ぼくは素直に答えた。

「ごめんなさい。よくわかりません」

佐々木さんはため息をついた。

「今回の件では本当に腹を立てている。お前が以前のように浮かれたお調子者のままだったら知らん顔していようと思ったが、どうやらそうでもなさそうだ」

「佐々木さんは、なぜ医学を研究してるんですか？」

佐々木さんは黙り込む。それからひと言、言う。

「レティノブラストーマを治す方法を見つけたいからだ」

「藤田教授に言われたから、レティノの研究をしているんですか」

「藤田教授に言われたから、だと？」

佐々木さんは心底バカにしたような顔でぼくを見た。

「お前はバカか。藤田教授なんて全然関係ない」

カイの髪をくしゃっと撫《な》でた佐々木さんの笑顔を思い出す。その時、直感が走った。

「わかった。カイ君はレティノで、佐々木さんはカイを助けたいから一所懸命研究してるんだ」

カイの白い眼帯の下の眼球はもうなくなってしまったんだ、とぼくは胸が痛んだ。

「やっとわかったか。でもそれでは50点だな」

「じゃあ、残り半分は？」

すると隣にいた翔子さんが言う。

「残り半分は自分のため、なのよね」

佐々木さんはうなずく。

「カイを助けたいというのは、同時に5歳の自分を助けたいということなんだ」

え？　え？　何を言っているんだろう。

佐々木さんは冷たく光る右眼を右手で押さえる。次の瞬間、広げた手のひらに、白い小さな陶磁器が置かれていた。

「俺の右眼も昔、レティノにやられたんだ」

佐々木さんの右眼が、手のひらの上で、白い貝殻のように冷たい光を放った。

呆然とを見つめるぼくに向かって、佐々木さんは続けた。

「お前がどたばたしているあの検体、あれはカイの眼球だったんだよ」

すべてを理解した瞬間、藤田教授への怒りや桃倉さんへの失望という不純な感情は全部吹っ飛んでしまった。ぼくは唇を嚙《か》み、うつむいた。

その果てに、ぼくは小さな決心をした。

∞

「また来てね」

いつまでも手を振り続けている翔子さんとカイを振り返りながら、ぼくは佐々木さんと一緒にオレンジ新棟をあとにする。

カイが両腕を胸の前でクロスして、ぼくを見送る。ぼくも同じポーズで応える。

ぼくはそのまま家に帰ることにした。バス停の所で佐々木さんに言った。

「9日の会見ではきちんと謝ります。ぼくはそうしなければいけないんだ」

「お前は悪くないのに、謝るのか？」と佐々木さんは静かに尋ねる。

「よくわからないけど、ぼくもちょっと悪いんだから、そうしなくちゃいけないんです。もうここに来られなくなるのは淋《さび》しいけど。いろいろありがとうございました」

赤いバスがやってきた。後部座席に座るとバスが動きはじめる。
ぼくを見送る佐々木さんの姿が小さくなっていく。
坂を下りていくバスのように、ぼくの頰を涙がすべり落ちた。

家に帰るとぼくはパパにメールを打った。

✉カオル→パパへ。大変なことになってしまいそうです。でもそれはぼくがしたことのせいだから、きちんと謝ろうと思います。心配かけてごめんね。カオル

メールを打つと、少し気分が落ち着いて、オレンジジュースを飲みに居間に行った。
おやつを食べてパソコンに戻ると、パパからの返信が2通届いていた。

✉ディア、カオル。今朝の食事はオートミールだった。伸

メールを見てぼくは、もう一度涙をこぼした。
たとえ天地がひっくり返っても、パパは絶対に変わらない。
2通目は長いメールだった。

✉ディア、マイ・カオル。どうやら恐れていた最悪の事態になってしまいそうだ。なので今日は大切な話をしよう。以前、君が大発見をしたとメールをくれたとき、パパは君におめでとう、と言った。それは君が科学の一翼を担う役割を背負うことになったという意味で、パパと同じフィールドに立ったと思って嬉《うれ》しくなったからだ。実はあの時、言いかけてやめたことがあった。そのことを言っておけばよかったと今も思う。でも今からでも遅くはない。いや、違う。今こそ、その言葉を伝えなくてはいけない時だ。
　パパが言いたかったこと、それは科学の前では大人も子どももない、ということだ。だから自分でしたことの責任は、自分でとらなければならない。
ディア、マイ・カオル。とりあえず今は眠りなさい。

しばらくして思い出したかのように一行だけのメールが届いた。

✉ディア、マイ・リトル・カオル。何があってもパパは君の側にいる。伸

ぼくは泣いた。泣きながら、泣くのはこれでおしまいにしようと思った。

翌朝、瞼《まぶた》を腫《は》らしたぼくはパソコンの前に座る。

窓の外はどんより曇っている。滅入《めい》ることがあるぼくにとって、2学期が始まるという二重苦の朝としては、なんだかとてもしっくりくる空模様だ。

ぼくは「アッカンベー」君のメールを見つけて開く。

✉ディア、カオル。少し落ち着いたかな。パパはゆうべ、君に厳しいことを言った。「科学の前では大人も子どももない。自分がしたことの責任はとらねばならない」。この点でパパは絶対に正しい。だがパパが言いたかったことは残りの半分だ。それを今から話そう。

科学を前にしたら大人も子どももない。人の命に関わる医学では特にそうだ。それは裏返しても同じ。君がすべてを明らかにする勇気と覚悟を持ったなら、たとえ相手が大学教授でも臆《おく》することはない。科学を前にしたら大人も子どももない。カオルと藤田教授は同じ立場のライバルだ。

遠慮はいらない。勇気を持って進め。伸

ぼくはびっくりした。おずおずとキーボードを叩《たた》く。

🖂パパの話は難しすぎる。よくわからないよ。

しばらくして、チロリン、と音がした。
新しいメールを開けて、ぼくは呆然《ぼうぜん》とした。

✉ディア、マイ・カオル。君が間違っていないなら闘え。たとえ相手が教授でも、
間違っているのなら、相手を叩き潰《つぶ》せ。
今こそ、心に飼っているサソリを解き放て。

ぼくはパパのメールを見つめた。
闘え、だって？
中学生のぼくが、医学部の教授に太刀打ちできると思ってるの？
心に飼っているサソリって何？
どうやってソイツを解き放てばいいの？
疑問だらけだよ、オー・マイ・パパ。
途方に暮れたぼくは、短いメールを返信する。

🖂カオル→パパへ。どうやって闘えばいいの？

チロリン。ぼくは急いでメールを開く。

🖂ディア、カオル。これから起こる物事に誠実に向き合えば、トラブルは必ず解決する。謝罪会見の日にはパパの手紙を持っていきなさい。伸

ぼくはパパから届いた手紙のことを思い出し、棚の上を見上げる。

封筒はうっすらと埃《ほこり》をかぶっていた。

リビングから、山咲さんの呼ぶ声がした。

「カオルちゃん、早くしないと遅刻するわよ」

ぼくはパソコンの電源を落とすと、久しぶりに学生鞄《かばん》を摑《つか》んで外に出た。

12章

9月9日（金）

「道はいつも、自分の目の前に
広がっている」と、
ぼくは言った。

9月1日、木曜日。曇り。久しぶりの桜宮中学校。今日から2学期が始まる。

小雨の中、登校したぼくを待ち受けていたのは、友達の冷ややかな視線だった。

隣のクラスのヤツがぼくに寄ってきて言った。

「大嘘つきのネッゾゥ野郎」

その言葉は心に突き刺さったけれど、ぼくはやり過ごす。ぼくはカイの眼球を使っていい加減な研究をした。やったのはぼくじゃないけどぼくがやったことになって、ぼくはみんなにちやほやされて嬉しくて、自分でやったと言いふらした。

だからぼくは、すべての非難を受け止めなければならない。

教室に入ると学級委員の進藤美智子、ぼくのブレイン三田村優一、2年B組の暴れん坊、ヘラ沼こと平沼雄介がぼくの許《もと》へ寄ってきた。チーム曾根崎大集合だ。

「ねえ、カオル、大丈夫だったの?」

新聞を読んだのだろう、美智子が心配そうに尋ねる。ぼくは笑って答える。

「どうってことないさ」

ヘラ沼が、珍しくしょんぼりと言う。

「悪かったな、カオルちゃん。お前の英語の成績が悪いって記者さんに喋《しゃべ》ったのは俺なんだ。この間のバトルの時に顔見知りになったもんで、つい言っちまったんだ」

おのれ、やはり裏切り者は貴様だったか、無法松。でも無法松だから仕方ない。

「仕方ないさ。本当のことだし。それで来週の金曜に謝罪会見することになった」

「藤田教授が謝罪するんですか？」という三田村の質問にぼくは首を振る。

「いや、謝るのはぼくさ」

「なんで、カオルが謝罪しなくちゃならないのよ」

美智子がぷんぷんして言う。ぼくは答える。

「あれはぼくが書いた論文になってる。間違ったことをしたら謝るのは当然さ」

「でも、カオルは何もしてないんでしょう？」

ぼくは苦笑した。そのとおりだよ、美智子。ぼくはなんにもしていない。だけどこの2日でぼくが知り、考えたことすべてを伝えるのはとても難しい。

「カオルちゃん、困ったことがあったら何でも俺に言えよ。秘密を漏らしてしまったお詫《わ》びに、爺《じい》ちゃんに頼んでなんとかしてもらうから」

「ありがとう、ヘラ沼。気持ちは嬉《うれ》しいよ。だけど、お前のお爺さんは町工場の会長で、有名な発明家だから、この件ではあんまり助けにならないと思う」

朝言ったことを給食の時に忘れるヘラ沼だから、あてにならないけど嬉しかった。

チーム曾根崎のメンバーから温かい心遣いをもらったけど、大部分の同級生は冷たい眼でぼくを見てひそひそ話をした。始業式が終わると夏休みの宿題の提出と大掃除だ。全部の仕事が終わった後のホームルームで、担任の田中佳子先生は真っ黒に日焼けした顔で、にこにこしながら言った。

「皆さんの元気な顔が見られて、先生は本当に嬉しいです」

その言葉を噛《か》みしめながら、ぼくはひとりで家に帰る。

あと9日ですべてが終わる。

∞

9月9日、金曜日。快晴。ついに運命の日がやってきた。朝起きてパソコンを立ち上げる。チロリンと音がしてメールが届いた。ぼくはメールを開く。

✉ディア、カオル。今朝の献立はポークジンジャーサンドだった。
今日はカオルにとって重要な1日になる。謝るべきところは謝ること。ただし不当だと思ったら闘え。それからパパが送った手紙をポケットに入れておくこと。きっとお守りになるはずだ。伸

埃をうっすらかぶった封筒を手に取り、ポケットに入れ、次のメールを読む。

✉ディア・カオル。きちんと謝ることは難しくない。難しいのは、悪い流れの中でも不正に対し敢然と立ち向かうことだ。それはただ謝ることよりずっと大変だし、ずっと勇気がいることだ。
　マイ・リトル・カオル。ボストンの空の下から健闘を祈る。伸

ぼくはしばらく考えて、キーボードを叩《たた》く。

🖂カオル→パパへ。いろいろありがとう。パパが何を言いたいのか、よくわからないけど、結局、道はいつも、自分の目の前に広がっているんだと思う。どうなるかわからないけど、ベストを尽くします。

送信。出掛けようとした時、着信音がした。ぼくは机に駆け戻る。

✉ディア、カオル。勇者には天佑《てんゆう》が訪れる。グッドラック。伸

明るく光った画面を見つめて深呼吸。ぼくは振り返らずに扉を開けた。

赤煉瓦棟《あかれんが》3階、総合解剖学教室に向かう。エレベーターに乗り込むと一瞬の闇がぼくを包む。ぼくは闇の奥を見つめた。直後に灯《あか》りがつき、その闇が単にエレベーターの部屋を占めた、ごく小さな闇だということを確認する。

闇なんてそんなものだ。光を当てれば消えてしまう。

ちん、という音とともに扉が開く。そこに待ち構えていたのは、黒スーツをびしりと着込んだマフィアのボス、藤田教授だ。

「遅かったね、曾根崎君。3分の遅刻だよ」

じろりとぼくをひとにらみした藤田教授は、にっと笑う。

「ひょっとして逃げ出したのかと思ったよ」

ぼくも、にっと笑い返す。

「ぼくも、藤田教授がまた急な出張に行っちゃうんじゃないかと思っていました。今日はよろしくお願いします」

反撃されるとは夢にも思っていなかったのだろう、藤田教授は一瞬ぎょっとする。

それから引きつった笑顔になる。

「ほうほう。これならメディアに吊《つ》るし上げを喰《く》らっても大丈夫だな。安心したよ」

藤田教授は、くいっと顎《あご》を上げ、ついてこい、と無言の指示をした。

ぼくは黒い背を追い、教授室へ足を踏み入れた。

宇月さんが淡いピンクのスーツ姿でソファに座り、手にした紙を見つめていた。

隣に座ると、宇月さんの表情が微《かす》かに揺れた。

正面にどかりと座った藤田教授が、うっすら笑う。

「曾根崎君。中学校の日なのにわざわざ来てもらって申し訳ないね」

ぼくは頭を下げる。口先だけのねぎらいだということが痛いほどわかる。

「この1週間は大変だった。おとといは院内のリスクマネジメント委員会、昨日はエシックス・コミティに召喚され、どちらでも曾根崎君から直接事情を聞きたいと言われたんだが、査問の場に中学生を晒《さら》すのは気の毒だから私が対応しておいたよ」

すぐに藤田教授がしたごまかしに気づく。ぼくを厳しい場に出すのをためらうなら、今日、記者会見に引っぱり出すのはおかしい。一瞬、藤田教授に感謝しかけた自分を戒める。この人は絶対に信用してはならない。藤田教授は低い声で言う。

「それにしても曾根崎君は人気者だということを改めて思い知らされたよ。今回も大会議室が取材陣であふれんばかりのようだ。先に会場に詰めている桃倉からさっき報告があった。頼むから今回は、いつぞやみたいにあがらないでくれよ」

今日のぼくはどきどきしてはいない。ぼくは決めていた。悪かったことはきちんと謝ろう。それだけだったから何も心配することはなかった。

藤田教授はぼくを見て、気味悪そうに言う。

「こんな修羅場でそんな風に笑っていられるなんてバカなのか、鈍感なのか……」

言われてぼくは自分が笑顔になっていることに気づく。藤田教授は紙を差し出す。

「これは私がリスクマネジメント委員会とエシックス・コミティで説明した今回の捏《ねっ》造《ぞう》問題の概要だ。説明は私がするから、曾根崎君はただ、申し訳なさそうな顔をして座っていればいい。できるだけ君が直接答える機会はないようにするつもりだが、もし何かあったらこの文書の趣旨に沿って答えるように」

ぼくは文面を見て凍りつく。そこには真実とかけ離れたことが書いてあった。

実験の時、別の検体が混じった可能性に気づいていたこと。そのことを桃倉さんと藤田教授に指摘されたのに、正しく実験したと言い張ったこと。その後も何度か言おうと思ったが、取材を受けたりしたので言い出せなかったこと。ウソをつくことになって申し訳なく思っていること……。

ぼくは呆然《ぼうぜん》として、紙片を見つめ続けた。

「これって全然、事実と違うんじゃあ……」

ぼくの言葉を遮って、藤田教授はにこやかに言う。

「君は事実ではないと言いたいのかもしれないが、証拠はあるかね？　仮にあったとしても、それを記者会見の場で見せられるか？　そんなことをしたら私は君に全部説明させ、君の言い分に嚙みつくぞ。記者も君の言うことなんか信じない。そんな中で君は、君が真実だと思っているたわ言を説明できるのかな？」

藤田教授が牙《きば》を剝《む》いた。

さっきまでぼくを支えていた決意は、紙風船みたいにぺしゃんこになった。

「さあ、そろそろ時間だ。会場控え室で学長もお待ちになっている。行こうか」

ぼくはのろのろ立ち上がる。

ちょっと前までの勇気凜々《りんりん》としていたぼくは、もうそこにはいなかった。

病院3階大会議室の控え室の扉を開けると、見慣れた顔が揃っていた。白衣姿の桃倉さんはひと回り小さく見えた。隣にツメ襟の学生服を着込んだスーパー高校生医学生の佐々木さん。隣には小柄なお爺さんが穏やかな表情でぼくを見ていた。

教授会の時、一番偉い人が座る椅子に座っていた先生、確か高階学長だっけ。

「久しぶりだね。こんな騒ぎになってしまったのは残念だ。改めて聞きたいんだけど、曾根崎君は本当にみんなの前で謝りたいと言ったのかい？　これは大人の責任でもあるんだから、無理はしないでいいんだよ」

高階学長の声がぼくの心に染みこんでくる。

ちらりと見ると、藤田教授はふいと顔をそむける。学長の優しい言葉に気持ちが揺れたけれど、ありったけの勇気を振り絞って言う。

「ぼくの間違いは、自分できちんと皆さんに謝りたいと思います」

すかさず藤田教授が言う。

「学長、ご心配なく。曾根崎君は頭を下げていればいいだけにしてありますから」

黒い鞄《かばん》を抱えた佐々木さんの右眼が光る。

「曾根崎君、偉いね、君は」と高階学長が言った。

煌々《こうこう》と輝くライトと人の熱気が頬を打つ。眩《まぶ》しさに一瞬視界を失ったけど、すぐに慣れた。前方に横長の机が並び、記者さんたちが大勢いた。サクラテレビのカメラもあったけれど、リリさんやグラサンのおじさんはいない。時風新報の白ワイシャツの村山記者がぼくを見て、にっと笑う。ぼくは、深呼吸をして壇上に向かう。

すると一番後ろの壁際に、チーム曾根崎の3人が並んでいるのが見えた。

あいつら、よく入れたな、と思ったけれど、同時にすごくほっとした。

裾《すそ》をつかまれて振り返る。佐々木さんだ。佐々木さんは耳元で囁《ささや》く。

「勇者には天佑が訪れる。グッドラック」

パパのメールと同じ言葉だ。偶然？　誰でも知っている有名な言葉なの？　そのことを確かめる暇もなく、藤田教授に背中を押されたぼくはひな壇の上に立った。

舞台上には左端から桃倉さん、高階学長、藤田教授が並び、藤田教授の隣の右端にぼくが座った。全員が勢揃いしたところで、立ち上がると深々とお辞儀をした。

一瞬遅れたぼくは、隣の藤田教授に首根っこをつかまれて頭を下げる。

ピンクのスーツ姿の宇月さんが、よく通る声で言う。

「ただ今より、論文捏造疑惑に対する東城大学医学部の謝罪会見を行ないます。初めに高階学長より謝罪の言葉、続いて当教室責任者藤田より経緯の説明を行ないます」

ざわついていた会議場が静まり返る。高階学長が立ち上がり簡潔な謝罪の言葉を述べる。その言葉を受けて藤田教授が説明を始める。さっき渡されたあらすじ通りだ。

会場に記者さんたちがメモを取る音がさらさら響く。

「今回のことは年端もいかない中学生が、功績を急ぐあまりやってしまったことですが、私の監督責任も重大だと考えます。ですがなにぶん中学生のことですので、寛大な配慮をお願いいたします」と藤田教授が頭を下げた。

記者席から厳しい質問が出た。藤田教授は辛抱強く謝罪を繰り返す。

よく聞くと、まるでぼくひとりが悪かったような謝り方だ。

胸の中にどす黒い絶望が広がる。質問がとぎれた瞬間を捉《とら》えて藤田教授が言う。

「ではこのへんで会見をうち切らせていただこうかと……」

「最後にひとつ、質問があります」

藤田教授は顔をしかめる。白いワイシャツ、緑の腕章、時風新報の村山記者だ。

彼は指名を待たずに立ち上がった。

「藤田教授の説明はわかりましたが、曾根崎君の言葉をじかに聞きたいんですが」

藤田教授がくわっと眼を見開き、言い放つ。

「中学生にそこまで要求するんですか、時風新報さんは」

村山記者は藤田教授の脅しをどこ吹く風、と受け流す。

「記事にはしませんが、藤田教授の説明には納得のいかない部分が多々ありまして。当事者に直接お尋ねすれば少しはすっきりするかな、と思ったものでして。曾根崎君がどうしてもイヤだと言うのなら、無理強いはしません」

心臓がばくばく打ちはじめる。藤田教授が小声で言う。

「やりすごせ。あんなのを相手にしたら大変なことになるぞ」

心の中で膨らみかけた紙風船が、くしゃりと潰《つぶ》された。ぼくはうつむく。

長い長い時間が経った気がした。沈黙の重さに押し潰されそうだ。

その時、ぼくを見つめている強い視線に気がついた。

スーパー高校生医学生の佐々木さんがぼくを見つめていた。拳《こぶし》を握り胸の前で両腕をクロス。ハイパーマン・バッカスの変身ポーズ。M88星雲の勇気のしるし。

佐々木さんの唇がゆっくり動く。

——カイ。

そのひと言が、ぼくのこころの紙風船をひと息で膨らませた。ぼくは立ち上がる。

「ごめんなさい。ぼくはウソをついていました。藤田教授の説明は全然違います」

驚いた表情の藤田教授を見下ろした。会議室が静まり返る。

「どういうことかな？　どこが違うの？」と質問者の村山記者が尋ねる。

隣で藤田教授が真っ赤な顔をしてぼくをにらむ。

「論文のシーケンスは本当に出たんです。でも追試で再現できませんでした」

「つまりオアフ教授が指摘した通りだったんだね」

ぼくはうなずく。藤田教授が低い声で言う。

「でたらめだ。なんの証拠もない」

「証拠はありませんが、藤田教授は、それが真実だということをご存じですよね」

藤田教授が立ち上がると、ぼくを見下ろす。

「中学生だと思って甘やかしていれば、そんなあくどい言い訳を考えていたとは驚いたな。大方、大急ぎでパパに相談してごまかし方でも教わったんだろう。なにしろ君のパパは世界的なゲーム理論学者、曾根崎伸一郎教授だからな」

藤田教授の攻撃を受けても、膨らんだ紙風船はもう潰れなかった。

でもこのままでは青空に届かない。どうすればいい？

証拠があればいいのかな？　でもそんなもの、どこにもない。

その時、チャラーンという音が会場に響いた。

佐々木さんが立ち上がり、携帯を取り出していた。

「総合解剖学教室の佐々木です。曾根崎君と一緒に実験をしていました。実は先日、曾根崎君のお父さんから、ぼく宛《あて》に小包が届きました。会見で曾根崎君が困ったら開けてほしい、手順はメールで知らせるとのことでした。その時が来たようなので、少々お時間をいただいてもよろしいでしょうか」

佐々木さんは黒い鞄から小包を取り出した。藤田教授は佐々木さんをにらんだ。

「勝手なことは許さん。だいたいどうしてそんな大切なことを、教室の責任者である私に報告しなかったんだ」

佐々木さんは涼しい顔で答える。

「藤田教授は昨日、ぼくに自宅待機を命じて一切連絡するな、と指示されたからです。それにこれがそんな重要なことだとは思わなかったもので……」

高階学長が言う。

「まあ、それほど時間はかからないようですから、とりあえず話を聞きましょう」

藤田教授は高階学長を見て、唇を震わせる。そしてうつむいた。

佐々木さんは会場を見回す。

「では始めます。指示1、その場にいる中立的な方に助手をお願いせよ」

質問途中だった村山記者が佐々木さんに歩み寄る。

「その役、私が引き受けよう」

佐々木さんは小包を村山記者に手渡す。

「指示2、小包が開封されていないことを皆さんに示すこと」

小包を受け取った村山記者は会場のみんなに小包を見せる。

「確認しました」

「指示3、小包を開封せよ」

村山記者が小包を開くと紙の束が出てきた。佐々木さんが携帯電話の画面を覗《のぞ》き込み、「指示4、書類の第1ページ第1行目を読め」と言う。

村山記者は咳払《せきばら》いをし1行目を読む。

「2月15日、火曜日。三りんぼう。晴れ。藤田教授に連れられて、生まれて初めて東城大学医学部に行った。エレベーターの灯《あか》りが一瞬消えるのにびっくりした」

書類が何か理解した。電子化して送ったぼくの「業務日誌」だ。でもそんなもの、どうするつもりだろう。ぼくが首をひねるよりも早く、佐々木さんが言う。

「これは曾根崎君が東城大学に通いながら毎日つけていた業務日誌だそうです」

「そんなものが何の証拠になるのかね」と藤田教授が吐き捨てるように言う。

佐々木さんは気にもかけずに、携帯の画面を読みあげる。

「指示5、付箋《ふせん》をつけた25ページ5行目を読め」

ページをめくった村山記者は驚いた表情になる。一瞬ためらってから読みあげた。

「4月11日月曜。快晴。追試結果は確認していないけど『ネイチャー・メディスン』に応募する、と藤田教授に言われた」

沈黙が会議室を覆った。静寂を破ったのは黒服マフィア、藤田教授だ。

その声は奇妙に明るかった。

「ほうほう、さすが世界的ゲーム理論学者、ごまかし方も一流ですな。だがそんな、チャチなものには、誰もダマされたりはしないよ。大方、息子の窮地を救うためにひねり出した奇手なんだろうが、手書き文書に証拠能力なんてない。問題が発覚して9日もあったんだから、その間に大急ぎでそのノートをでっちあげたんでしょう」

紙の束をぱらぱら見て、村山記者が言う。

「これだけの分量と内容の手書きの書類を9日で作るのは難しいと思いますが」

「1週間あればじゅうぶんですよ。人間、追いつめられれば大概のことはできますからねえ。大体、それが本物なら原本を見せてみなさい。ああ、原本の有無は問題にはならないのか。なにしろ全部捏造《ねつぞう》なんだから」

「ぼくはネッゾウなんかしてません」とぼくは藤田教授に言い返す。

「だが我々が勤《いそ》しんでいる『科学の世界』では、証明ができなければウソと同じことなんだよ、曾根崎君」

それならその「科学の世界」からもっとも遠いのはアンタじゃないか。

喉元《のどもと》まで出かかった言葉を、かろうじて呑《の》み込む。

「お待ち下さい。僕に送られてきたのはフローチャートです。反論が来た場合の対処。書類の記載時期に対し疑問が示された場合……指示11に飛べ」

佐々木さんは携帯を高く掲げ、画面の中のパパの言葉を読みあげる。

「指示11、書類の裏を見ろ。続いて16へ」

村山記者が書類を裏返すと、不思議そうな顔をした。

「これは何だ？　全部の書類に切手が貼ってあって、消印が押されている」

「指示16、消印の日付を読みあげよ」

「20.Aug.2022、２０２２年８月20日です」

村山記者の答えに、佐々木さんは携帯画面を読みあげる。

「指示17、次の文章を読みあげよ」

佐々木さんは咳払いをする。

「消印は米国ボストンの国際郵便局の押印でこの書類が作成されたのが2022年8月20日であることの証明である。今回の捏造疑惑問題の発覚は8月31日。すなわち疑惑に合わせた書類捏造が不可能であると同時に、この書類が正真正銘、わが息子曾根崎薫の手によって、当時書かれたものであることの客観的証拠である」

会場中の誰もが藤田教授の顔を見つめた。一瞬ぎょっとした顔になった藤田教授だが、すぐにうす笑いをうかべる。

「いやはや、手の込んだサル芝居ですな。米国の郵便局の消印が押してあるから書類の作成日が確定できる？　ゲーム理論の第一人者、曾根崎教授ならそんな消印のひとつやふたつ、コンピューター・グラフィックスで偽造できるでしょう。なんなら私も同じ偽造をやってみせましょうか。少々お時間をいただけば簡単にできますよ」

追いつめてもとどめを刺せない。ああ、パパがここにいてくれれば。

だがチェイスは終わりではなかった。佐々木さんは携帯の画面を読みあげた。

「これでもなお相手が、消印偽造などを根拠にこの書類の信憑性《しんぴょうせい》を認めなかった場合。

指示22に飛べ」

佐々木さんは携帯をいじる。

「指示22、最終ページの裏を見よ」

村山記者は書類の最後を裏返す。

「英語のサインとコメントがあります」

「一体、誰のどんなコメントだね？」

藤田教授の問いに、村山記者は眼を細め英語を読みとる。

「フィリップ・オアフ教授の直筆サインです。日付は8月20日」

「ヤツはなんと書いているんだ？」

藤田教授の質問に村山記者は素早く視線を走らせ、とぎれとぎれに訳しはじめる。

「わが友、シンイチロウの御子息が先日お目にかかったカオル・ソネザキだと聞いて驚いている。日本語は読めないがソネザキ・ジュニアの業務日誌から、天才中学生医学者の研究の軌跡に触れることができた今日、すなわち2022年8月20日を記念して、ここにサインする。フィリップ・オアフ」

村山記者の言葉と同時に、佐々木さんが携帯を読みあげる。

「指示25、ディア、カオル。お前が持参したパパの手紙を検証人に渡せ」

ぼくは封筒を取り出し、村山記者に渡す。

「指示26、消印の日付を確認後、開封せよ」

日付は8月20日です、と告げた村山記者が封筒から取り出したのは論文の別刷りだ。

表紙を見てどきどきした。オアフ教授の「ネイチャー」論文の別刷りだ。

写真が同封されていて、ぼくの業務日誌を手にしたオアフ教授が笑っている。

写真にもサインと日付が書かれていて、Dear Kaoru、と書き添えられていた。

当然カタカナじゃなくて、本物の「ディア」だ。

「国際郵便の消印も8月20日です」と村山さんが確認する。

藤田教授は真っ青な顔になって、凍りついたように動かない。

「指示27、サインをした日時をオアフ氏本人に証言してもらうことは可能だ。以上でこの文書が問題発覚前に作成されたことの証明を終わる。指示30へ」

佐々木さんは一息つくと、続けた。

「指示30、藤田教授へ。私はまだ日誌の詳細な内容はオアフに伝えていない。オアフは人格者だが、学問に対しては峻厳《しゅんげん》で事実を知れば国際学会誌査問委員会の招集すらやりかねない。指示25をエージェント佐々木氏が読みあげた場合、最悪の事態の一歩手前と考える。これ以上息子の日誌の信憑性に疑義を唱えるなら、佐々木氏への依頼はここで終了し、ただちに曾根崎伸一郎がボストンにて国際学会誌査問委員会理事でもあるプロフェッサー・オアフに本件に関する面談を申し込む」

藤田教授は眼だけぎらぎらさせ、ぼくと佐々木さんの携帯を交互ににらみつけた。

会議場に、村山記者の声が響いた。

「藤田教授のご報告の方が捏造だったのですね」

藤田教授の身体がぐらぐら揺れた。まさに倒れそうになった瞬間、教授を受け止めたのは隣にいた桃倉さんだった。桃倉さんは藤田教授のマイクを受け取ると言った。

「追試を怠ったのは私です。全責任は私にあります」

ぼくは、本当に本当にびっくりして、マイクを握った桃倉さんを見つめた。

魂が抜けてしまったような藤田教授に代わり、桃倉さんは淡々と説明を始めた。

追試を2度行なったがシーケンスの再確認ができなかったこと。教授になんとしてもシーケンスの再現を命じられたこと。そのうち検体量が少なくなってしまい、追試自体が困難になってしまったこと。論文が注目を浴びたため、誤謬《ごびゅう》を訂正する機会を失してしまったこと。

桃倉さんの話は全部本当だった。ひとつだけ、言わなかったことがあっただけだ。

ぼくが口を開こうとした瞬間、桃倉さんの眼光に射すくめられた。桃倉さんはぼくだけを見つめて説明を続けた。ぼくは開きかけた口のまま、桃倉さんを見つめた。

なぜ？　なぜ？　胸の中で繰り返し尋ねているうち、桃倉さんは頭を下げた。

「今回の騒動の原因は、私が曾根崎君に藤田教授のお言葉を伝えそびれ、誤解が増幅された結果です。ＰＣＲ実験では初めに小さなエラーが混入すると、それが増幅され重大な間違いになります。現実の情報と同じで、小さな誤謬が大きく増幅される。ですからエラーは初期段階で徹底的に排除せねばなりません。今回はそのことを怠った指導教官である私のミスです。お騒がせして申し訳ありませんでした」

高階学長は、腕組みをしたまま桃倉さんを見つめていた。

頭を下げつづける桃倉さんを見ながら、宇月さんが澄んだ声で言う。

「以上をもちまして、東城大学医学部医学研究院基礎解剖教室における論文捏造疑惑説明謝罪記者会見を終了いたします」

チーム曾根崎の3人が駆け寄ってきた。美智子が「カオル、かっこよかったよ」と言う。他の2人も、うんうん、とうなずいた。

白ワイシャツの村山記者が、ぼくの肩をぽんと叩《たた》いて、業務日誌のコピーを渡してくれた。そうしてチーム曾根崎の3人と、記者さんたちは部屋を出て行った。

外部の人たちが姿を消すと、高階学長が藤田教授に言った。

「桃倉君の告白は真実なのですか」

藤田教授の表情が微《かす》かに揺れた。仮面が外れ、素顔がちらりと見えた。でもその素顔はすぐにいつもの強気の仮面の下に隠されてしまった。

「ええ、実はそのとおりなんです」

桃倉さんはうつむいて何も言わない。高階学長は重ねて尋ねる。

「リスクマネジメント委員会とエシックス・コミティから上がってきた報告と、相当内容が異なるようですが」

「申し訳ありません。実は私も今朝、初めて聞かされたことでして」

滑らかな口調はいつもの藤田教授だった。

胸の中に、言いようのない怒りがふつふつと湧き上がる。

——何か言い返しなよ、桃倉さん。

桃倉さんは何も言わなかった。高階学長は言った。

「ではこの件に関する処分は改めて後日、お伝えします。ただし今の話が真実なら、曾根崎君の処分は必要ありませんね。従って藤田教授から提出された曾根崎君の学籍登録抹消願いは却下しますが、それでよろしいですね」

「そ、それは……」

藤田教授は、高階学長の鋭い眼光に射すくめられ、唇の動きを止めた。

ぼくは、隣の佐々木さんに「どういうこと？」と囁《ささや》き声で尋ねる。

佐々木さんはさらに小さい囁きで答える。

「大学が、お前をクビにしようとした命令を撤回したということだ。お前は、ウチの教室で研究を続けられるんだ」

微笑した高階学長は、ゆったりした足取りで部屋を出ていった。その後に従うように、東城大の関係者の人たちも、部屋から姿を消した。

その場が教室員だけになると、藤田教授は桃倉さんを罵《ののし》り始める。

「何なんだ、一体。お前のせいでとんだ恥を掻《か》かされた。もうお前は私の教室に置いておけない。博士号は諦《あきら》めるんだな」

「覚悟はできています。申し訳ありませんでした」

「まったく、何を考えているんだ」

藤田教授は怒り心頭の様子で、桃倉さんを叱責《しっせき》しつづけた。

佐々木さんがぼくに近寄り、耳元で囁く。

「おい、俺が右手を挙げたら、俺の名を呼べ」

「へ？　どうして？」

「ごちゃごちゃ言わずに、言われた通りにしろ」

よくわからないまま、ぼくはうなずく。

佐々木さんはぼくから離れて、散らかった書類を片付け始めた。

佐々木さんとぼくの間の空間をぼんやり眺めた。藤田教授は桃倉さんを大声で叱りながら、教室を出ていこうとする。

ぼくと佐々木さんの間を藤田教授が通り過ぎようとした瞬間、佐々木さんの右手が挙がった。ぼくは「佐々木さん」と声をかける。

佐々木さんが振り返る。ゆっくり身体を回転させ、右腕が大きく弧を描く。

拳《こぶし》の軌跡が藤田教授の顎《あご》を捉《とら》えた。

みしり、と音がして、佐々木さんの拳が藤田教授の頬に炸裂《さくれつ》した。藤田教授の顔が歪《ゆが》み、スローモーションのようにうしろにひっくり返る。

藤田教授が倒れ、黒い背広姿が消えた視野にツメ襟姿の佐々木さんが現れる。

パンチを振り抜いた佐々木さんは右手を挙げて、小さくガッツポーズをした。

金ボタンがきらりと光る。

「あああ、藤田教授、すみません」

次の瞬間、佐々木さんはおろおろと藤田教授に駆け寄り身体を引っ張り起こす。

それからぼくをにらみつけて言う。

「急に人の名前を呼ぶなよ、このバカ野郎」

ぼくはにこにこして、藤田教授の背中に向かって頭を下げる。

「ごめんなさい、佐々木さん」

佐々木さんは教授のスーツについた埃《ほこり》をはたきながら、ドスを利かせた声で言った。

「これからもレティノの研究のサポート、よろしくお願いしますね、教授」

藤田教授は呆然《ぼうぜん》として、佐々木さんとぼくを交互に見つめた。

みるみる教授の左頬が腫《は》れあがっていく。

腑《ふ》抜《ぬ》けのようになった藤田教授を宇月さんが支えて姿を消すと、後にはぼくと佐々木さんと桃倉さんの3人が残った。

∞

ぼくたちはガラスのエレベーターで昇り、スカイレストラン「満天」へ向かう。

夕方の「満天」はがらがらだ。ぼくたちはたぬきうどんを頼み、窓際の席に座る。

ぼくは黙ってうどんをすっていたけど、我慢しきれなくなって尋ねる。

「なぜ、あんなウソをついたんですか？」

桃倉さんはうどんをすすり、答えない。もう一度、同じ質問を繰り返す。

「それが一番いいからだ。それにあれはウソじゃない」と桃倉さんはぽつんと答える。

「あれじゃあ桃倉さんだけが悪者になっちゃったじゃないですか」

「いいんだよ、それで」

「よくないです」

「いいんだ。そうでなければ、曾根崎君が悪者になるところだった。それよりずっとマシだ」

「でも、もう少しで、藤田教授が本当の悪者だって、はっきりさせられたのに」

桃倉さんは淋《さび》しそうに笑う。

「藤田教授が本当の悪者だって、みんなの前ではっきりしたらどうなるんだい？」

ぼくは首をひねる。桃倉さんが言う。

「君はまだ子どもだからわからないだろうけど、世の中、いつも正義が勝つわけじゃない。そんな夢物語は『ハイパーマン・バッカス』の中にしかないんだよ」

桃倉さんはぼくと佐々木さんを交互に見て、佐々木さんに訊《たず》ねる。

「佐々木君が教室に出入りする理由はなんだい？」

「レティノをやっつけたいからです」と佐々木さんは即答する。

「それなら、やっぱりこれが一番いい解決法だ。藤田教授が悪者になれば、教室は潰《つぶ》される。そうなったら研究は中止になる。だからぼくが身代わりになったんだ」

佐々木さんは怒った。

「冗談じゃない。桃倉さんを犠牲にしてまで、研究なんて続けたくないです」

「そんな風に考えてはダメだ。ぼくごときがどうなっても医学にとっては大したことではない。教室に3年以上も在籍していながら、一本も論文を仕上げられないダメ研究者だからね。もともと来春には外科に戻ることになっていたし、母校の極北《きよくほく》大から の誘いもある。僕は研究をしなくても生きていける。でも佐々木君や曾根崎君の研究が中断すれば、医学の進歩が止まり、その分レティノで悲しい思いをする子どもが増えてしまうんだ。君たちには才能があるから、レティノ退治のため頑張ってほしい。そうでないとなんのためにぼくが泥をかぶったのか、わからなくなってしまう」

夕陽に照らされ、桃倉さんの顔が輝く。

「ぼくは明日《あした》、大学院の退学届を出して、故郷の極北に帰ることにした。佐々木君とは2年、曾根崎君とは半年だったけど、一緒に過ごせて楽しかったよ」

桃倉さんは立ち上がると、窓から景色を眺めている。

「もうじき日が沈む。もう遅いから家に帰りなさい」

ぼくは桃倉さんの横顔を見つめた。もう2度と会えないような気がしたからだ。

桃倉さんはぼくを見て、にっこり笑う。

「曾根崎君も中2なんだから、せめてツルカメ算は卒業しろよ」

涙がこぼれそうになるのを我慢するのが精一杯だった。何か言いたげに我慢しているのは佐々木さんも同じだった。桃倉さんは佐々木さんに言った。

「さっきのパンチは見事だったね。正直、胸がすっとしたよ」

佐々木さんは照れ臭そうに微笑してうつむいた。

「君たちふたりはいいコンビだ。2人で頑張ってレティノを退治してくれ」

ぼくと佐々木さんはうなずく。

そうしてぼくたちは、「満天」をあとにした。

バス停で桃倉さんと佐々木さんは、バスに乗り込むぼくを見送ってくれた。

バスが坂道を降りはじめる。桃倉さんの影が豆粒みたいになるまで、ぼくは手を振り続けた。やがてバスの車窓から桃倉さんの姿が消え、代わりに夕闇の中、白と灰色のツインタワー、東城大学医学部付属病院が微光を放ちはじめた。

その晩、ぼくはパパに長い時間をかけてメールを打った。

何回も書き直したので、結局最後は短くなってしまったのだけれど。

🖂カオル→パパへ。今日はありがとう。佐々木さんに手助けをお願いしていただなんて、思いもしなかった。おかげでぼくは名誉を守れた。その代わりに大切な人を失ってしまった。本当にこれでよかったのかな。ぼくにはわかりません。

晩ごはんはカレーだった。サクラテレビの夕方のニュースを見たけど、記者会見の報道はなかった。部屋に戻るとパパからのメールが届いていた。

✉ディア、カオル。今日はよく頑張った。確かにパパはフォローはしたが、カオルが自分で声をあげることが、何よりも大切だった。パパが佐々木さんにお願いしていたとしても、カオルが自分で立ち上がらなければどうしようもなかった。

今日はカオルの勇気の結果だ。伸

そのメールを読んで、身体中の力が抜けた。
気がつくと、パパのメールはもう1通あった。

✉ディア、カオル。君は大切な人を失った、と言った。それは仕方がない。何かをしたら何かを失う。それが怖くて人は何もしなくなっていく。でもそれは間違いだ。大切な人を失ってしまったと思っても、それはほんの束の間、君の前から姿を消しただけだ。その人の心の中には、カオルが勇気を持って立ち上がった姿が生き続けている。君の心の中で、大切なその人の姿が今も燦然《さんぜん》と輝いているのと同じように。

パパの言葉を嚙《か》みしめる。そこにチロリンと音がして、届きたてほやほやのメールが着信する。ぼくは急いでメールを開く。

✉ディア、カオル。さっきのメールでひとつ、大切なことを言い忘れていた。
パパは、カオルがパパの言葉をノートに書き留めていることを知っている。
実はパパも大好きな言葉を書き留めるノートを持っている。

メールの最後に、パパが今朝、書き加えた素敵な言葉を書いて送る。
すごくかっこいい言葉なので、カオルも絶対に気に入るはずだ。
ぼくは、最後の一行を見て、思わず笑顔になる。
そこにはこう記されていた。
――道はいつも、自分の目の前に広がっている、とカオルは言った。

感謝の言葉と未来への言葉（単行本版のあとがき）

この物語はたくさんの人のおかげで上梓《じようし》できました。理論社の光森さんと小宮山さん。医学専門月刊誌「日経メディカル」の風間さん。イラストのヨシタケシンスケさん。校正の石飛さん、デザインの守先さん、印刷所の皆さん、営業の方たち、本を皆さんに届けてくれた本屋さん。それから最初の読者だった娘に。何よりここまでこの物語を読んで下さった皆さん。この本に関わって下さったすべての人に感謝します。

物語は中高生向けに書きましたが連載中、雑誌を読んだ医師や医療従事者の方々から、面白かったという感想をたくさんいただいています。ですから大人も専門家も楽しめる物語になっていることは間違いありません。

ここで中高生の皆さんに、この物語に関連したメッセージを。

将来、医師や看護師、医療の仕事に就きたいと考えている人たちへ。医療は病気を治すことが最終目的ですが、それだけで成り立つほど単純ではありません。病人を治せば医学研究なんてどうでもいいと考えるのは大間違い。研究という思考法を身につけないと、客観的な治療を行なうセンスを獲得することは難しいからです。研究は、公平な心で行なわなければならない。藤田教授のような気持ちで研究をしては絶対にいけません。もっとも現実には藤田教授みたいな医師は少ないのですが。

次に医師や看護師になんか絶対になりたくないと思っている人へ。この物語はそうした人に読んでもらいたいのです。好むと好まざるとにかかわらず、医療はどんな人にも必ず関係します。生まれてから死ぬまでに一度も病院のお世話にならない人はいない。だからこそ病院でどんなことが行なわれているのか、医師や看護師はどういう人たちか、知っておく必要がある。知らないということは自分の人生にマイナスになります。無知は罪なのです。

最後に小説家になりたいと思っている人へ。物語は書こうとして書けるものではありませんが、諦《あきら》めず毎日を一所懸命生きること。するとある日書けるようになります。必ずなります。私がその証拠です。私は小学校6年生の時、初めて物語を書き上げました。そして二番目の物語を書いたときには44歳になっていました。

さて、カオル君の冒険はまだまだ続きます。また、皆さんにお目にかかるその日がくるまで、ときどきは彼がノートに書きとめた言葉を思い出して下さい。

その言葉はきっと、皆さんに勇気と希望を与えてくれることでしょう。

2008年1月1日　海堂　尊

12年後の文庫版のあとがき

この物語を世の中に出してから干支《えと》が一回りしました。おかげさまでその間、この本はたくさんの人に愛されてきました。最近、講演会や取材で、私の物語を読んで医者になろうと思い、今は医学部で学んでいる、という人と出会うことが増えました。

私の物語の中では、いろいろ事件が起こりますが、どんなに悪い人を描きながらも、根っこでは医療は素晴らしいと、信じてきたからなのかもしれません。

世の中は善意の人が大勢いる。でもそれよりちょっと少ないけれど悪い人もいる。でも悪い人たちにもそれなりに理屈があり、本当に悪いかどうか断言できません。だから優しい人たちは、ダメなものはダメ、と強く言わなくなっています。

そのせいで悪い人たちがのさばっています。

世の中には絶対にダメなことがあり、それを破ったら社会がダメになってしまう。たとえば患者を殺す医者。公文書を改竄《かいざん》する役人。お友だちに利益誘導し、屁理屈でごまかす政治家。女性に乱暴した人を逮捕しない警察官。権力者の犯罪を起訴しない検察官。他人の本をコピペし中身の正確さを確認せず出版する作家と出版社。

みんな自分の利益を守るため、大切なものを貶《おとし》めている人たちです。

それは、人々の信頼を裏切る行為です。そんなことをする人たちを見過ごしてはいけない。そうしないといつしか、良心的な人たちが食い殺されてしまうから。

この物語では、お調子者のカオル君が小さな勇気を出して、悪者に立ち向かいます。

今、必要なのは、そんな小さな勇気の松明《たいまつ》を灯《とも》し、薄暗がりに潜んだ悪を照らし出し、少しでも減らしていくことです。

かつて私はＡｉ（オートプシー・イメージング）という死因究明の新しいシステムを社会に導入しようとして、ちょっとだけ頑張りました。その結果、私が願った形ではありませんが、Ａｉは社会に導入され少しずつ世の中をよくしています。

２０２０年、私は、日本人は核兵器廃絶運動の先頭に立つべきだと思い、あちこちで話したり書いたりしています。それは全人類にとっての絶対的正義です。

核兵器禁止条約という国際条約に批准しないのは、世界で唯一の原爆被害者である日本人としてとても恥ずかしいことです。この本を読んだみなさんが、そのことを心の片隅に置いてくれたら本望です。まあ、それは第一歩なんですけど。

次の一歩は、みなさん自身が踏み出してもらえると嬉《うれ》しいです。

最後に作者として、カオル君のパパと張り合って、ひと言。

「未来は社会を大切に思う人たちの双肩に掛かっている」と、海堂尊は言った。

２０２０年１月１日　海堂　尊

本書は、二〇〇八年一月に理論社より刊行された単行本を加筆修正の上、文庫化したものです。
目次・地図・章扉イラスト／ヨシタケシンスケ
目次・章扉デザイン／守先 正

医《い》学《がく》のたまご

海《かい》堂《どう》 尊《たける》

令和2年 4月25日 初版発行

発行者●郡司 聡

発行●株式会社KADOKAWA
〒102-8177 東京都千代田区富士見2-13-3
電話 0570-002-301（ナビダイヤル）

角川文庫 22120

印刷所●旭印刷株式会社
製本所●株式会社ビルディング・ブックセンター

表紙画●和田三造

◎本書の無断複製（コピー、スキャン、デジタル化等）並びに無断複製物の譲渡および配信は、著作権法上での例外を除き禁じられています。また、本書を代行業者等の第三者に依頼して複製する行為は、たとえ個人や家庭内での利用であっても一切認められておりません。
◎定価はカバーに表示してあります。

●お問い合わせ
https://www.kadokawa.co.jp/（「お問い合わせ」へお進みください）
※内容によっては、お答えできない場合があります。
※サポートは日本国内のみとさせていただきます。
※Japanese text only

©Takeru Kaidou 2008, 2020 Printed in Japan

ISBN 978-4-04-108330-7 C0193

◇◇◇

角川文庫発刊に際して

角 川 源 義

第二次世界大戦の敗北は、軍事力の敗北であった以上に、私たちの若い文化力の敗退であった。私たちの文化が戦争に対して如何に無力であり、単なるあだ花に過ぎなかったかを、私たちは身を以て体験し痛感した。西洋近代文化の摂取にとって、明治以後八十年の歳月は決して短かすぎたとは言えない。にもかかわらず、近代文化の伝統を確立し、自由な批判と柔軟な良識に富む文化層として自らを形成することに私たちは失敗して来た。そしてこれは、各層への文化の普及滲透を任務とする出版人の責任でもあった。

一九四五年以来、私たちは再び振出しに戻り、第一歩から踏み出すことを余儀なくされた。これは大きな不幸ではあるが、反面、これまでの混沌・未熟・歪曲の中にあった我が国の文化に秩序と確たる基礎を齎らすためには絶好の機会でもある。角川書店は、このような祖国の文化的危機にあたり、微力をも顧みず再建の礎石たるべき抱負と決意とをもって出発したが、ここに創立以来の念願を果すべく角川文庫を発刊する。これまで刊行されたあらゆる全集叢書文庫類の長所と短所とを検討し、古今東西の不朽の典籍を、良心的編集のもとに、廉価に、そして書架にふさわしい美本として、多くのひとびとに提供しようとする。しかし私たちは徒らに百科全書的な知識のジレッタントを作ることを目的とせず、あくまで祖国の文化に秩序と再建への道を示し、この文庫を角川書店の栄ある事業として、今後永久に継続発展せしめ、学芸と教養との殿堂として大成せんことを期したい。多くの読書子の愛情ある忠言と支持とによって、この希望と抱負とを完遂せしめられんことを願う。

一九四九年五月三日

角川文庫ベストセラー

新装版　螺鈿迷宮　海堂　尊

「この病院、あまりにも人が死にすぎる」——終末医療の最先端施設として注目を集める桜宮病院。黒い噂のあるその病院に、東城大学の医学生・天馬が潜入した。だがそこでは、毎夜のように不審死が……。

モルフェウスの領域　海堂　尊

日比野涼子は未来医学探究センターで、「コールドスリープ」技術により眠る少年の生命維持を担当している。少年が目覚める際に重大な問題が発生することに気づいた涼子は、彼を守るための戦いを開始する……。

輝天炎上　海堂　尊

碧翠院桜宮病院の事件から1年。医学生・天馬はゼミの課題で「日本の死因究明制度」を調べることに。やがて制度の矛盾に気づき始める。その頃、桜宮一族の生き残りが活動を始め……『螺鈿迷宮』の続編登場！

アクアマリンの神殿　海堂　尊

未来医学探究センターで暮らす佐々木アツシは、正体を隠して学園生活を送っていた。彼の業務は、センターで眠る、ある女性を見守ること。だが彼女の目覚めが近づくにつれ、少年は重大な決断を迫られる——。

切り裂きジャックの告白
刑事犬養隼人　中山七里

臓器をすべてくり抜かれた死体が発見された。やがてテレビ局に犯人から声明文が届く。いったい犯人の狙いは何か。さらに第二の事件が起こり……警視庁捜査一課の犬養が執念の捜査に乗り出す！

角川文庫ベストセラー

七色の毒　刑事犬養隼人
中山七里

次々と襲いかかるどんでん返しの嵐！『切り裂きジャックの告白』の犬養隼人刑事が、〝色〟にまつわる7つの怪事件に挑む。人間の悪意をえぐり出した、傑作ミステリ集！

ハーメルンの誘拐魔　刑事犬養隼人
中山七里

少女を狙った前代未聞の連続誘拐事件。身代金は合計70億円。捜査を進めるうちに、子宮頸がんワクチンにまつわる医療業界の闇が次第に明らかになっていき——。孤高の刑事が完全犯罪に挑む！

ドクター・デスの遺産　刑事犬養隼人
中山七里

死ぬ権利を与えてくれ——。安らかな死をもたらす白衣の訪問者は、聖人か、悪魔か。警視庁VS闇の医師、極限の頭脳戦が幕を開ける。安楽死の闇と向き合った警察医療ミステリ！

虚栄 (上)(下)
久坂部羊

診断から死亡まで二ヵ月。凶悪な「変異がん」が蔓延、政府はがん治療のエキスパートを結集、治療開発の国家プロジェクトを開始。手術か、抗がん剤か、放射線治療か、免疫療法か。しかしそれぞれの科は敵対し。

黒医
久坂部羊

「心の病気で働かないヤツは屑」と言われる社会。「高齢者優遇法」が施行され、死に物狂いで働く若者たち。こんな未来は厭ですか——？　救いなき医療と社会の未来をブラックユーモアたっぷりに描く短篇集。

角川文庫ベストセラー

いつか、虹の向こうへ　伊岡　瞬

尾木遼平、46歳、元刑事。職も家族も失った彼に残されたのは、3人の居候との奇妙な同居生活だけだ。家出中の少女と出会ったことがきっかけで、殺人事件に巻き込まれ……第25回横溝正史ミステリ大賞受賞作。

145gの孤独　伊岡　瞬

プロ野球投手の倉沢は、試合中の死球事故が原因で現役を引退した。その後彼が始めた仕事「付き添い屋」には、奇妙な依頼客が次々と訪れて……情感豊かな筆致で綴り上げた、ハートウォーミング・ミステリ。

瑠璃の雫　伊岡　瞬

深い喪失感を抱える少女・美緒。謎めいた過去を持つ老人・丈太郎。世代を超えた二人は互いに何かを見いだそうとした……家族とは何か。赦しとは何か。感涙必至のミステリ巨編。

教室に雨は降らない　伊岡　瞬

森島巧は小学校で臨時教師として働き始めた23歳だ。音大を卒業するも、流されるように教員の道に進んでしまう。腰掛け気分で働いていたが、学校で起こる様々な問題に巻き込まれ……傑作青春ミステリ。

代償　伊岡　瞬

不幸な境遇のため、遠縁の達也と暮らすことになった圭輔。新たな友人・寿人に安らぎを得たものの、魔の手は容赦なく圭輔を追いつめた。長じて弁護士となった圭輔に、収監された達也から弁護依頼が舞い込み。

角川文庫ベストセラー

グラスホッパー　伊坂幸太郎

妻の復讐を目論む元教師「鈴木」。自殺専門の殺し屋「鯨」。ナイフ使いの天才「蝉」。3人の思いが交錯するとき、物語は唸りをあげて動き出す。疾走感溢れる筆致で綴られた、分類不能の「殺し屋」小説！

マリアビートル　伊坂幸太郎

酒浸りの元殺し屋「木村」。狡猾な中学生「王子」。腕利きの二人組「蜜柑」「檸檬」。運の悪い殺し屋「七尾」。物騒な奴らを乗せた新幹線は疾走する！『グラスホッパー』に続く、殺し屋たちの狂想曲。

切開　表御番医師診療録1　上田秀人

表御番医師として江戸城下で診療を務める矢切良衛。ある日、大老堀田筑前守正俊が若年寄に殺傷される事件が起こり、不審を抱いた良衛は、大目付の松平対馬守と共に解決に乗り出すが……。

縫合　表御番医師診療録2　上田秀人

表御番医師の矢切良衛は、大老堀田筑前守正俊が斬殺された事件に不審を抱き、真相解明に乗り出すも何者かに襲われてしまう。やがて事件の裏に隠された陰謀が明らかになり……。時代小説シリーズ第二弾！

解毒　表御番医師診療録3　上田秀人

五代将軍綱吉の膳に毒を盛られるも、未遂に終わる。表御番医師の矢切良衛は事件解決に乗り出すが、それを阻むべく良衛は何者かに襲われてしまう……。書き下ろし時代小説シリーズ、第三弾！

角川文庫ベストセラー

鹿の王 1　上橋菜穂子

故郷を守るため死兵となった戦士団〈独角〉。その頭だったヴァンはある夜、囚われていた岩塩鉱で不気味な犬たちに襲われる。襲撃から生き延びた幼い少女と共に逃亡するヴァンだが!?

鹿の王 2　上橋菜穂子

滅亡した王国の末裔である医術師ホッサルは謎の病を治すべく奔走していた。征服民だけが罹ると噂される病の治療法が見つからず焦りが募る中、同じ病に罹りながらも生き残った囚人の男がいることを知り!?

鹿の王 3　上橋菜穂子

攫われたユナを追い、火馬の民の族長・オーファンのもとに辿り着いたヴァン。オーファンは移住民に奪われた故郷を取り戻すという妄執に囚われていた。一方、岩塩鉱で生き残った男を追うホッサルは……!?

鹿の王 4　上橋菜穂子

ついに生き残った男――ヴァンと対面したホッサルは、病のある秘密に気づく。一方、火馬の民のオーファンは故郷を取り戻すために最後の勝負を仕掛けていた。生命を巡る壮大な冒険小説、完結!

高校入試　湊　かなえ

名門公立校の入試日。試験内容がネット掲示板で実況中継されていく。遅れる学校側の対応、保護者からの糾弾、受験生たちの疑心。悪意を撒き散らすのは誰か。人間の本性をえぐり出した湊ミステリの真骨頂!

角川文庫ベストセラー

さまよう刃　東野圭吾

長峰重樹の娘、絵摩の死体が荒川の下流で発見される。犯人を告げる一本の密告電話が長峰の元に入った。それを聞いた長峰は半信半疑のまま、娘の復讐に動き出す——。遺族の復讐と少年犯罪をテーマにした問題作。

使命と魂のリミット　東野圭吾

あの日なくしたものを取り戻すため、私は命を賭ける——。心臓外科医を目指す夕紀は、誰にも言えないある目的を胸に秘めていた。それを果たすべき日に、手術室を前代未聞の危機が襲う。大傑作長編サスペンス。

夜明けの街で　東野圭吾

不倫する奴なんてバカだと思っていた。でもどうしようもない時もある——。建設会社に勤める渡部は、派遣社員の秋葉と不倫の恋に墜ちる。しかし、秋葉は誰にも明かせない事情を抱えていた……。

ナミヤ雑貨店の奇蹟　東野圭吾

あらゆる悩み相談に乗る不思議な雑貨店。そこに集う、人生最大の岐路に立った人たち。過去と現在を超えて温かな手紙交換がはじまる……張り巡らされた伏線が奇蹟のように繋がり合う、心ふるわす物語。

ラプラスの魔女　東野圭吾

遠く離れた2つの温泉地で硫化水素中毒による死亡事故が起きた。調査に赴いた地球化学研究者・青江は、双方の現場で謎の娘を目撃する——。東野圭吾が小説の常識をくつがえして挑んだ、空想科学ミステリ！

角川文庫ベストセラー

今夜は眠れない　宮部みゆき

中学一年でサッカー部の僕、両親は結婚15年目、ごく普通の平和な我が家に、謎の人物が5億もの財産を母さんに遺贈したことで、生活が一変。家族の絆を取り戻すため、僕は親友の島崎と、真相究明に乗り出す。

ブレイブ・ストーリー（上）（中）（下）　宮部みゆき

亘はテレビゲームが大好きな普通の小学5年生。不意に持ち上がった両親の離婚話に、ワタルはこれまでの平穏な毎日を取り戻し、運命を変えるため、幻界〈ヴィジョン〉へと旅立つ。感動の長編ファンタジー！

お文《ふみ》の影　宮部みゆき

月光の下、影踏みをして遊ぶ子どもたちのなかにぽつんと女の子の影が現れる。影の正体と、その因縁とは。「ぼんくら」シリーズの政五郎親分とおでこの活躍する表題作をはじめとする、全6編のあやしの世界。

過ぎ去りし王国の城　宮部みゆき

早々に進学先も決まった中学三年の二月、ひょんなことから中世ヨーロッパの古城のデッサンを拾った尾垣真。やがて絵の中にアバター（分身）を描き込むことで、自分もその世界に入り込めることを突き止める。

おそろし
三島屋変調百物語事始　宮部みゆき

17歳のおちかは、実家で起きたある事件をきっかけに心を閉ざした。今は江戸で袋物屋・三島屋を営む叔父夫婦の元で暮らしている。三島屋を訪れる人々の不思議話が、おちかの心を溶かし始める。百物語、開幕！

角川文庫ベストセラー

孤狼《ころう》の血　柚月裕子

広島県内の所轄署に配属された新人の日岡はマル暴刑事・大上とコンビを組み金融会社社員失踪事件を追う。やがて複雑に絡み合う陰謀が明らかになっていき……男たちの生き様を克明に描いた、圧巻の警察小説。

最後の証人　柚月裕子

弁護士・佐方貞人がホテル刺殺事件を担当することに。被告人の有罪が濃厚だと思われたが、佐方は事件の裏に隠された真相を手繰り寄せていく。やがて7年前に起きたある交通事故との関連が明らかになり……。

検事の本懐　柚月裕子

連続放火事件に隠された真実を追究する「樹を見る」、東京地検特捜部を舞台にした「拳を握る」ほか、正義感あふれる執念の検事・佐方貞人が活躍する、司法ミステリ第2弾。第15回大藪春彦賞受賞作。

検事の死命　柚月裕子

電車内で痴漢を働いたとして会社員が現行犯逮捕された。容疑者は県内有数の資産家一族の婿だった。担当検事・佐方貞人に対し不起訴にするよう圧力がかかるが……。正義感あふれる男の執念を描いた、傑作ミステリー。

臨床真理　柚月裕子

臨床心理士・佐久間美帆が担当した青年・藤木司は、人の感情が色でわかる「共感覚」を持っていた……美帆は友人の警察官と共に、少女の死の真相に迫る！　著者のすべてが詰まった鮮烈なデビュー作！

角川文庫
キャラクター小説
大賞

作品募集!!

物語の面白さと、魅力的なキャラクター。
その両方を兼ねそなえた、新たな
キャラクター・エンタテインメント小説を募集します。

大賞 賞金150万円

受賞作は角川文庫より刊行の予定です。

対象

魅力的なキャラクターが活躍する、エンタテインメント小説。
年齢・プロアマ不問。ジャンル不問。ただし未発表の作品に限ります。
原稿枚数は、400字詰め原稿用紙180枚以上400枚以内。

詳しくは
https://awards.kadobun.jp/character-novels/
でご確認ください。

主催　株式会社KADOKAWA

横溝正史ミステリ＆ホラー大賞

作品募集中!!

「横溝正史ミステリ大賞」と「日本ホラー小説大賞」を統合し、
エンタテインメント性にあふれた、
新たなミステリ小説またはホラー小説を募集します。

大賞 賞金500万円

●横溝正史ミステリ＆ホラー大賞

正賞 金田一耕助像　副賞 賞金500万円

応募作の中からもっとも優れた作品に授与されます。
受賞作は株式会社KADOKAWAより単行本として刊行されます。

●横溝正史ミステリ＆ホラー大賞 読者賞

有志の書店員からなるモニター審査員によって、
もっとも多く支持された作品に与えられる賞です。
受賞作は株式会社KADOKAWAより刊行されます。

対象

400字詰め原稿用紙換算で200枚以上700枚以内の、
広義のミステリ小説、又は広義のホラー小説。
年齢・プロアマ不問。ただし未発表の作品に限ります。
詳しくは、https://awards.kadobun.jp/yokomizo/でご確認ください。

主催：株式会社KADOKAWA